みんな目をつぶりなさい！
光を見ちゃダメ！
ドリームバスター

兄ちゃんの顔と声を
覚えてるよな？
よく見ろよ。な？

手から銃が離れ、
くるくる廻りながら
雲の中に落ちてゆく——
「摑まれ！」

すべてのD・Pに—
Good Luck and Godspeed!

TOKUMA NOVELS
Edge

ドリームバスター1

宮部みゆき
MIYUKI MIYABE

イラスト▼コサト

徳間書店
TOKUMA SHOTEN

DREAM BUSTER 1

目次
Contents

MIYUKI MIYABE

イラスト／コサト　デザイン／宮村和生

CHARACTERS*

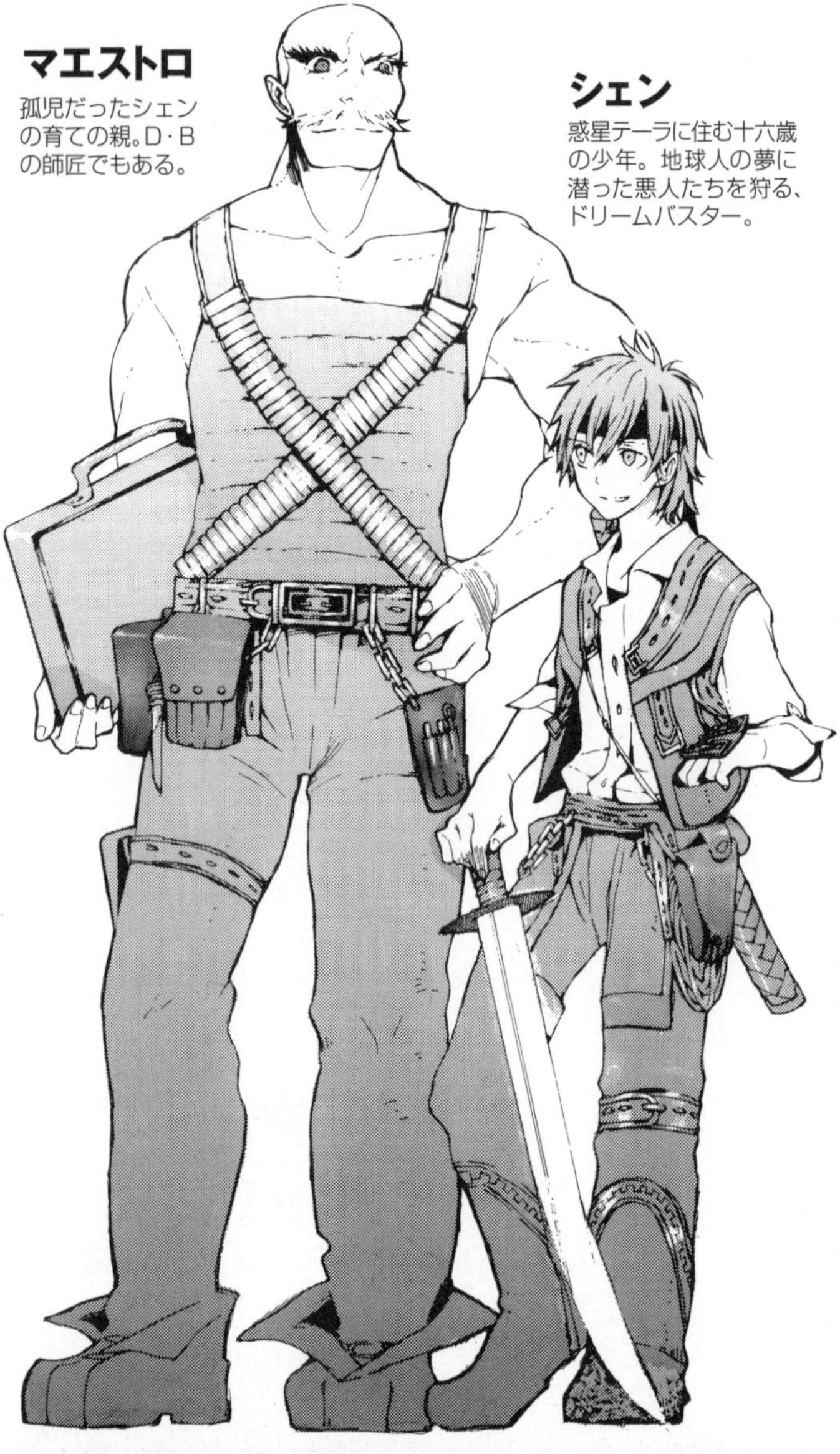

マエストロ

孤児だったシェンの育ての親。D・Bの師匠でもある。

シェン

惑星テーラに住む十六歳の少年。地球人の夢に潜った悪人たちを狩る、ドリームバスター。

DREAM BUSTER

from JACK IN

道子

悪夢に悩まされる主婦。
幼い頃の記憶のほころびが……。

真由

道子の娘。八歳。母よりも先に、
シェンを感知していた……？

シュリンカー

被害者の頭を縮めてとっておく趣味
のある連続殺人者。道子の夢を操る。

from First Contact

伸吾

27歳の青年。両親との関係に
悩むうち、悪夢にとらわれる。

グロッガー

かつて子供を六人殺害した凶悪犯。
伸吾の精神状態につけいり……。

MIYUKI MIYABE

プロローグ JACK IN《ジャック・イン》

1

八歳の冬、クリスマス・イブのことだった。道子《みちこ》は火事を見た。火元はすぐ近所の家の台所で、古い二階建ての木造家屋だったし、何しろ乾燥した時期のことだったから、火のまわりは残酷なほどに早かった。

当時、道子が家族と一緒に住んでいた公営アパートは、ちんまりとしたコンクリートの箱のような建物で、道子たちの四〇一号室は四階の角に位置していた。ベランダに出て下を見おろすと、アパートの狭い裏庭の頭ごしに、近所の家々の屋根を見渡すことができた。だから火事の時にも、北風に乗って流れてくる煙を我慢しながら、道子は両親と兄と四人でベランダにいて、燃える家を見つめていた。兄はくしゃみばかりしていて、父は険しい顔で、様子によってはうちも避難しなくちゃならないからと、道子たちを着替えさせた。母はいちばん呑気《のんき》で、火はここまで来やしないわよ、それにしてもよく燃えるわねえと、感心したような声をあげていた。

その家はシロタさんと言って、道子より三歳年上の長男を頭《かしら》に、五人の子供たちがいた。屋根にはところどころ白漆喰《しろしっくい》で補修した跡があった。そこではよく赤トラの猫が昼寝をしており、春先など、子猫が二、三匹くっついていることもあった。とても可愛くて、ベランダからずっと眺めていても、少しも飽きることがなかった。

シロタさんの子供たちは、五人もいるのに、そのうちの一人も、道子とも兄とも同じクラスにならなかった。集団登校のグループも別々だった。一緒に遊んだことがないし、口をきく機会もない。ただ、シロタさんの小母《おば》さんは保険の外交員をしており、何度か家に訪ねてきたことがあったので、道子も顔を見知っていた。丸顔で明るい茶色の髪で、小柄な小母さんだった。

　ある時、あれは小母さんのうちの猫ですか、なんて名前ですかと尋ねると、小母さんはくしゃくしゃな顔をしてしきりと手を振り、あれはうちの飼い猫じゃないのよ、野良猫が図々《ずうずう》しく居座ってるのよ、だから名前もないのと答えた。

「居候《いそうろう》してるだけじゃなくて、毎年、勝手にうちの軒下で子猫を産むもんだから、困ってるの。早いところどっかにうっちゃってこなくちゃねえ」

　シロタさんの小母さんが帰ると、母が怖い顔をして道子をにらみ、あんた、猫を飼いたいなんて言わないでよね、団地では禁止なんだからねと叱《しか》った。道子はおとなしく叱られていたが、心の内では、シロタさんの猫が本当に〝どこかにうっちゃられて〟しまったら、拾ってきて内緒で飼おうと決めていた。学校のそばの缶詰工場の裏がいい。通学の通り道だし、空いた木箱がたくさん転がっているから、それを猫のおうちにしてやればいいと思った。子猫がたくさん生まれても、木箱はたくさんあるから大丈夫だ。

　シロタさんの家が火事になったのは、それからほんの数日後のことだった。だからなおさら、道子は火事のことをよく覚えているのだ。本当のことを言うと、シロタさんの家の人たちのことよりも、猫のことの方がずっと心配だった。

　高いベランダから火事の様子を観察しながら、母は父に、シロタさんのところは父親が家出をしており、子沢山なのに奥さんが一人で稼いでいるということ、気むずかしい舅《しゅうと》さんが同居していて、それも大変だということを、説明して聞かせた。道子は、お父さんは市役所にお勤めしているのだから、町の人たちのことは何でも知っており、だからそんな話は、お母さんから聞かされなくてもとっくに承知しているんじゃないかと思っていた。が、父はふんふんと母の話を熱心に聞き、子供たちは逃げ出せたろうか、手伝いに行った方がよかろうかなどとぶつぶつ言った。そうして、もう消防車が来てるんだから、素人が手伝うことなんかないわよ、わざわざ危ない目に遭いに行かないでくださいと、母に強く叱られた。

　真っ赤な炎は、遠目で見るとちっとも危険そうではなかった。透き通ったきれいな赤い布が、窓という窓からひらひらとはためいているだけのように見えた。やがてその布がシロタさんの家の屋根まで届くくらいに高々とひらひらし、家全体を包み込むようになると、もっともっときれいな感じがした。それなのに、消防車が駆けつけて、長いホースで水をかけ始めると、とたんに煙がたくさん湧いて出てきて、いきなり、全てがきれいではなくなった。ただ煙たくてクサいだけになった。

　道子と兄はベランダから部屋のなかに戻されたが、念のため、まだパジャマにならないでもう少し待っていなさいと言われた。

「お兄ちゃん、シロタさんの猫、逃げれたよね？」

　道子の問いかけに、兄は思いっきりバカにしたような顔をして、

「そんなこと、オレが知るもんか」と、冷たく言い放った。「それから、逃げれたじゃない。逃げられたって言うんだ」

　兄はすっかり火事への興味を失ったようで、テレビを点《つ》け、そのまま前に陣取ると、次から次へとチャンネルを切り替え始めた。今思えば、あの年頃の

道子たちは、大晦日《おおみそか》だって、あんなに遅くまで起きていたことはなかった。兄にしてみれば、深夜に放送されているテレビ番組を見る、得難いチャンスだったのだ。

兄がかまってくれなくても、道子は猫のことが心配で、落ち着かなかった。両親はまだ手すりから乗り出すようにして火事を見守っているが、道子はいったん部屋に戻されてしまったのだから、またのこのこ出ていけば、きっと叱られるだろう。道子の両親は、親の言いつけを守らない子供には、とても厳しい人たちだった。

うじうじ悩んでいて、はっと気がついた。お手洗いの窓から外をのぞけば、ちょっぴりだけど、シロタさんのうちの裏側の方が見えるはずだ。かなり背伸びをしなくてはならないし、薄暗くて寒いだろうけれど、幸い、ちゃんと厚着をしている。道子はそっとお手洗いに向かった。便器の脇に立って窓の取っ手を押し上げ、うーんと背伸びをすると、窓枠の下側から、かろうじて二センチくらい、目をのぞかせることができた。

シロタさんの家の裏側は狭い路地になっていて、消防車も入ってこられない。路地を隔てた家の人たちは逃げてしまったのか、明かりが点けっぱなしになっている。シロタさんの家はもうもうと立ちのぼる煙に包まれていたけれど、炎の赤い布は切れっぱし程度の大きさに縮まり、焼け落ちかけた家の壁の隙間《すきま》や窓のそこここで、意地悪なトカゲの舌のようにチロチロと出たり入ったりしていた。

そのとき、ひときわ強い北風が吹いて、煙を押し流した。真っ黒焦げになったシロタさんの家が、一瞬だけ煙の包囲から解放されて、無惨な姿をむき出しにさらした。そのとき、道子は見た。

シロタさんの家の裏側の二階、きっと階段の上あたりだろう、小さな明かり取りの窓の向こうに、誰かがいた。黒い人影がはっきりと見えたのだ。その誰かは踊っていた。嬉《うれ》しくて楽しくてしょうがないというように、両手を頭の上にあげて振りながら、右へ左へ身体《からだ》を傾けて踊っていた。

へんてこな踊りだった。どうして火事の家のなかで、誰が踊っているというのだろう？　筋道立った理屈は欠けていても、何か本能的に、とてもイヤなものを見たという直感が働いて、道子はさっと目を引っ込めた。

　苦しいほど、心臓がどきどきしていた。背中は汗びっしょりで、背伸びをしていたせいでふくらはぎが痛かった。

　おそるおそるもう一度背伸びをしてのぞいてみると、シロタさんの家はまた煙に覆われていた。風に乗って、誰かが大声で叫んでいるのが聞こえてきた。言葉は聞き取れなかったけれど、泣いているような声だった。

　翌日、眠さでぼうっとして学校に行った。終業式で、二学期の通知簿をもらう日だった。全校集会で、校長先生が、シロタさんの家が火事になったことを話し、そこで初めて道子は、シロタさんのおじいちゃんと、長男と、いちばん下のまだ幼稚園児の女の子が亡くなったことを知った。

　その夜の夕食のときに、火元は子供たちがクリスマス・イブに灯《とも》したろうそくの火だったことと、シロタさんのおじいちゃんというのは、お母さんが言っていた〝気むずかしい舅さん〟と同じ人だということを知った。

「気の毒ねえ」と、母は言った。「どうしてろうそくを消して寝なかったのかしら。やっぱり奥さん一人じゃ、いろいろと目が届かなかったのかしらね」

　道子は何度か、お手洗いの窓からのぞいたとき、シロタさんの二階で踊っているへんてこな人を見たということを言おうとした。でも言えなかった。お手洗いの窓からのぞいていたことがバレたら叱られる——という心配もあったけれど、それ以上に、そのことを思い出して言葉で説明するのが嫌だったのだ。それはちょうど、大急ぎで飲み込んでしまった大嫌いなニンジンを、また吐き戻して嚙《か》み直すのと同じだった。そんなの、飲み込む前よりも、もっともっとキモチ悪い味になっているに決まっている。絶対、絶対、吐き戻すのはごめんだった。

シロタさん一家は、それきりどこかへ引っ越してしまった。道子が彼らの消息を知る機会は訪れなかった。猫の行方も、安否もわからないままだった。火事のあと一週間ばかり、道子は母の目を盗んで近所を探し歩いたが、赤いトラ猫はどこにもいなかった。焼け死んでしまったんだろうと諦《あきら》めをつけるまでに、ずいぶんと隠れて泣いたものだった。

焼け跡は何年もそのまま野っぱらになっていて、道子が小学校を終えるころ、やっと新しい家が建ち、遠くの町から、知らない家族が引っ越して来た。時は経《た》った。

道子は大人になり、そんな昔の思い出などきれいさっぱり忘れた。ところが、道子自身の娘が、当時の道子と同じ八歳になった年の冬、クリスマス・イブまであと一週間足らずというころになって——その記憶、その思い出が、唐突に戻ってきた。それも、夢の形をとって。

2

燃えあがる家のなかで、黒い人影が、手を振り、足を踏んで踊っている。調子っぱずれのポルカみたいなダンス。酔っぱらいみたいにも見える。でも、とにかく楽しそうで嬉しそうで、ステップを踏むだけでなく、時々ぴょんと飛び跳ねる。

道子はそれをながめている。自分はどうも、踊っているその黒い影からは、遠く離れているようだ。どこか高い場所から見おろしているような感じもする。

とてもよく見える。はっきりと見える。踊っている黒い影が、ときおり白い歯をのぞかせて、笑っているらしいことまで見えるのだ。だから、見つめずにはいられない。そして、その黒い影が、道子に見られていることに気づいていないと知っている。それでほっとしている。気づかれてはいけない、という感じがする。

焦げ臭《くさ》い。嫌な匂いがする。ああ、気持ちが悪い——と思ったところで目が覚めた。

枕元のデジタル目覚まし時計を見ると、午前一時二十二分だった。

隣の布団では、真由《まゆ》が上掛けをめくりあげ、バンザイするみたいに両腕を投げ出して熟睡している。あまりにも無口でおとなしくて、いるのかいないのかわからないくらいなこの子でも、眠っている時はよその子と同じ。おそろしく寝相が元気なのだ。道子は微笑しながら真由の布団を直した。

すぐには寝つかれなかった。薄気味の悪い夢を見たものだと思った。今夜はサスペンスドラマも見ていないし、映画もビデオもずっとご無沙汰だ。ついい数日前に、それで定之《さだゆき》と電話でロゲンカをしたばかりである。

「俺は独りぼっちで遠くにいるんだから、映画館ぐらい行ってもいいじゃないか」

「あたしだって真由だって映画を観に行きたいのよ。でも、パパが戻ってくるまでのガマンだって、辛抱してるのに」

「わかった、わかった。俺が悪かったよ。次の週末に帰ったときに、一緒に出かけよう」

中規模の会社とはいえ、建築会社で社内結婚した以上は、転勤暮らしは覚悟していた。現に、結婚以来十年で、すでに四回の引っ越しを経験した。今のところはまだ、海外への転勤がないだけ楽だ。家具を増やさず、余計なものを買わず、つまらない装飾品を置かない。幸い、道子は家のなかがスッキリ片づいている方が好きな気質《たち》なので、そういう暮らしも苦にはならなかった。

だが、親はよくても、子供はまた事情が違う。だから今回、定之の異動が内定した時点で、夫婦はすでに、幼い娘を転校させるのは酷だと考えていた。そのうえで真由の担任の女性の先生に相談してみると、彼女も同じ意見を持っていた。

「真由ちゃんは、ちょっと引っ込み思案だというだけで、けっして問題のあるお子さんではありません。でも、今の子はみんなうるさいくらいにおしゃべりで、自己主張が強いですからね。真由ちゃんにお友達ができにくいのは、そのせいでしょう。まわりとペースがあわないんですよ。ですからわたしも、三年生になって真由ちゃんに仲良しのクラスメイトができて、本当に喜んでいたんです。お父さんの転勤が長いものになるのだとしたら話はまた別ですが、二年ぐらいという目処《めど》が立っているのでしたらば——もちろん、ご家族がバラバラに暮らすということのマイナス面は否めませんが——真由ちゃんを仲良しの友達から引き離さないために、今回のお引っ越しは避けた方がいいような気がします」

道子はその意見を受け入れた。真由は確かに内気で口数が少なく、友達も少ないけれど、けっして陰気な子供ではない。彼女もまた幼いときから本に親しみ、お絵かきを好み、三年生になって親しくなったクラスメイトとは、しょっちゅう一緒に絵を描いている。学校の勉強にもよくついていっているようだし、通知簿を見ると、学力は平均よりも高いくらいである。学校で、とても良い状態にあるということだろう。それを無造作に壊したくはない。真由が口をとがらせてダダをこねたり、泣きわめいて親を困らせたりする子供ではないだけに、なおさらだ。

「今の学校にも、二年生のときに転校してきてるわけですものね。それに真由は、先生にとてもなついているんです。今回は、わたしも転校させたくありません。主人には、単身赴任で頑張ってもらおうと思いますし、本人もそのつもりでおります」

道子はそう言って、担任の先生とうなずきあった。

こうして、定之は春から単身赴任の生活に入った。真由には、クリスマスとお正月が二度来れば、パパはおうちに帰ってくるわよと言ってある。帰ってきて、その後また別の場所に異動辞令が出るという可能性は充分すぎるほどにあるが、そのときはまたそのときの真由の状態を見て、夫婦で相談すればいいことだ。子供には、あんまり遠い将来の心配や計画を押しつけてはならないというのが定之の意見で、道子もそれに賛成している。というより、そういう教育方針を、彼と話し合うことで作りあげてきたのだ。

自慢ではないが、世間並み以上に仲の良い夫婦だと思っている。ベタベタと恋人的な仲の良さではなく、気の合う友人、サークル仲間という感じだ。二人とも映画が好きで、本が好きで、気ままなドライブが好き。おかげで、夫婦のあいだの話題には事欠かないから、道子はよくある「夫とのあいだで会話がない」というグチをこぼしたことはない。いつだって、どんな事柄だって、二人で話し合い、相談してきた。本や雑誌の購入費用、ビデオのレンタル代が家計の負担になるのはちょっと辛《つら》いが、そこは何とかやりくりするのが自分の仕事だと思っている。定之の単身赴任が決まる前には、CSの映画専用チャンネルを契約しようかどうしようかでさんざん激論し、結局はいったん見送りにしたということもあった。真由が何か習い事をしたいと言い出したときに、家計がキチキチだからダメだと諦めさせるわけにはいかないと思ったからだ。定之は、五円でも十円でもレンタル料の安いビデオ屋を見つけるために、よりいっそう眼光を鋭くしてくれたまえと、道子に言った。そんなこと、言われるまでもない。わかってるわよ、任せといて、エヘン！

そんな二人だから、いざ離ればなれの生活が始まってみると、予想していた以上に堪《こた》えた。寂しい――もちろんそれはある。つまらない――それもある。家のなかがスカスカしているみたいな感じがする。

（だから、こんなヘンな夢を見るんだわ）

心細いのだ。経済的には、会社から単身赴任補助が出るので、今までよりはちょっぴり余裕があるくらいのものだが、定之の不在は、お金では埋められない。彼も同じように感じているのだろう。きっとそうであると思いたい。感じてくれているはずだ。

道子は寝返りをうって、ため息を吐《つ》いた。離れていると、その隙間に、妙な不信や不安が入り込む。今まで確かめる必要を感じなかったような些細《ささい》な事柄に、いちいち確認をとりたくなる。こんな経験は初めてだった。

（真由ちゃんもパパが恋しいよね）

この子の無口さに変化はなく、口に出して寂しさを訴えることはないが、定之の単身赴任が始まって以来、とりわけ、週末や連休に、仕事の都合で彼が帰ってこられなかったりすると、真由の描く色鉛筆やパステルの絵に、寒色が多く使われるようになることに、道子は気づいていた。

（パパと一緒に、みかん色やお陽さま色の絵をいっぱい描きたいわよね）

真由の頭をそっと撫《な》でてから、枕に頭を戻し、暗い天井を見あげて、道子は危うく涙ぐみそうになった。

翌日の夜も、そのまた翌日の夜も、道子は同じ夢を見た。

正確に言えば、まったく〝同じ〟ではない。一晩ごとに、夢のなかの道子は、へんてこなダンスをしている黒い人影に近づいている。映画のカメラが対象物に寄るように、道子の視点が、少しずつ、少しずつ、黒い人影に接近していっているのだ。もちろん、望んでそうしているわけではない。アップで見たいと思うようなダンスではないのだから。

四日目の夜、さすがに薄気味悪くて、なかなか横になる気になれなかった。定之の単身赴任が始まって以来、真由と枕を並べて寝《やす》むようになったのだが、自分の布団の上にぺたりと座って、スヤスヤ眠る真由の顔をぼんやりとながめていた。

今日は漢字の書き取りテストで満点をとった上に、美術の時間に描きあげた作品を、先生にたいそう誉《ほ》められたのだそうで、真由は珍しくよくしゃべった。

――これ、パパに見てもらうんだ。

その絵は出窓に飾ってある。テーマは「わたしの友達」。仲良しのクラスメイト君恵《きみえ》ちゃんの肖像だ。もちろん親のひいき目もあるのだろうが、道子が見ても、この絵は本当によく描けていた。君恵ちゃんなら何度も家に遊びに来たことがあって、道子も会っているし、話もしている。その子がそのまま絵のなかにいる。今にも快活な声が聞こえてきそうだ。真由ちゃんの小母さん、こんにちは！

道子は微笑した。○○ちゃんの小母さん。あたしもいい歳《とし》の大人になって、子供の友達からそう呼ばれるようになったのだ。ほんのつい最近まで、自分の方が友達のお母さんを○○ちゃんの小母さんと呼んでなついていたような気がするのに。

そのとき、伏せられていたカードがひらりと裏返ったみたいに、ひとつの記憶が浮かんできた。

シロタさんの小母さん。

ずいぶん昔に、近所にそんな小母さんがいた。友達のお母さん——いやいや違う、母さんの知り合いだったかしら。親戚の人じゃない。うちにはシロタという親戚はいない。

豆ランプの小さく黄色い光の下で、布団の上に正座したまま、道子ははっと手で口元を押さえた。

そうだ、シロタさんだ。思い出した！　赤いトラ猫が屋根の上にいた。ベランダからよく見えた。白い漆喰で雨漏りを修理した跡がある瓦屋根。シロタさんの小母さんは——そう、保険の外交員だった。

火事になった家だ。丸焼けになって、子供が死んだ。一人だったか二人だったか、同じ学校に通っている子だったけど、友達じゃなかったからよく知らない。でもシロタさんの家が火事になったことは確かだ。あたしはこの目で見たんだもの——見たんだもの——

火事の光景を。そして、今にも焼け落ちそうな家の煙と熱気のなかで、嬉しそうに踊っているへんてこな黒い人影を。

「すっかり忘れてた……」

思わず、声に出してそう呟《つぶや》いた。このところの不気味な夢は、ただの夢じゃない。昔見た光景の再現だ。あれは、ちょうど真由ぐらいの歳のときに、あたしがこのふたつの眼で確かに目撃した景色なのだ。

急にぞわぞわと寒くなって、道子は身震いした。急いで布団に潜り込むと、上掛けを目の下まで持ちあげた。

(どうして今頃になって、昔の火事のことなんかが夢に出てきたんだろう?)

何かの予兆なのか。道子の意識が気づいていない身体の不調を、無意識が、過去の怖かった体験を再現するという形で訴えているのだろうか。そういう話なら聞いたことがある。サスペンス映画だってある。

（ひょっとして、パパに何かあったんじゃないかしら？）

そんなことを考え始めると、ますます目が冴《さ》えて眠れなくなった。急に火の元が心配になって、起き出して台所を点検した。うちでいくら注意していても、もらい火ということだってある。お隣は大丈夫かしら。耳の遠いお年寄りが住んでいたんじゃなかったかしら——と考えて、またはっとした。

そうだ、シロタさんにもお年寄りがいた。おじいさんだ。シロタさんの小母さんの舅さんだった。その人も、火事で亡くなったのだった。

明け方近く、空が白むころになってやっと、道子はうつらうつらした。眠っているのに、冷たい冬の遠浅の海を、独りぼっちでとぼとぼ歩いているみたいに寂しく、不安だった。そのせいか、夢は見なかったが、ぐったりと疲れて朝を迎えることになってしまった。

真由を学校に送り出すとすぐに、朝食の後片づけさえ済まさないうちに、道子は実家の母に電話をかけた。

「あら、おはよう」母は機嫌の良い声を出した。「いいタイミングねえ。こっちから電話しようかと思ってたところなの。あんたたちが遊びに来たとき泊まれるように、二階の部屋をひとつ増やしてもらおうと思ってるんだけど、洋室がいい？　和室がいい？　今日はまた工務店さんと設計の先生が来るのよ。早めにうち合わせしておかなくちゃ」

道子の両親は兄夫婦と同居することになり、実家を二世帯住宅に建て替える計画を立てているのだ。だから、ずっと以前から長男との同居を望んでいた母は、たいそう機嫌がいいのである。

「どっちでもいいわ。母さんに任せる。そのこと、品子《しなこ》さんとは相談したの？」

品子は兄の妻である。母ばかりでなく、道子ともあんまり反《そ》りがあわない。

「あの人にお伺いをたてる必要なんかないわよ。ここはあんたの家でもあるんだから」

「だけど、二階は兄さんたちの世帯でしょ」

「一階にあの人たちの車庫を造るんだから、おあいこよ」

こんな話はどうでもいいのだ。

「ねえ母さん、昔——あたしが真由くらいのころに、近所にシロタさんて家があったのを覚えてない？」

「シロタ？　ああ、お父さんの会社の」

「違う違う、近所の人よ。小母さんが保険の外交をしてた人。家が火事になって——団地のベランダからずっと見てたことがあるじゃない。真冬だったわよ」

あれやこれやと並べ立てて、やっと母の記憶を呼び覚ますことができた。

「あーあ、あのシロタさんね。はいはい、いたわねえ。ずいぶん昔の話だわねえ」

「木造の古い家だったような気がするんだけど。火事になったこと、あたしの記憶違いじゃないわよね？」

「すごい煙だったわよ、覚えてるわよ、母さんも。確か、子供さんが焼け死んだんじゃなかったかしらねえ」

道子はほっとした。やっぱり、火事は事実なのだ。

「母さん、シロタさんの小母さんと仲が良かった？よく、うちに来てたじゃない。あたしは子供だったから、よくわからなかったんだけど」

「仲がいいとかいうことじゃないわよ。それだったらもうちょっとちゃんと覚えてるでしょうよ」

「ただ近所の人だってことだけ？」

「保険屋さんだったからね。本当のことを言うと、勧誘されて迷惑でしょうがなかったのよ。うちは団体生命の掛け金を払うだけで精一杯だったから」

「そう……親しかったわけじゃないのね」

「あの奥さんも、けっこう強引な人でね。母さん、どっちかっていうと嫌いだったわね」

断定的な口振りだが、当時嫌いだったのか、今思い出すと不愉快な人だったと思うのか、どちらか判じかねる。それでも、

「母さんが誰かを嫌いだなんて言うの、珍しいわね」

「そうかい？　あの人、グチっぽかったの。泣き落としっていうの？　団地じゅう回って歩いて、こぼしてたようだったわね。ご主人が家出だか失踪《しっそう》だかしてってさ」

「そう。だから、子供さんは、奥さん一人で育てていたでしょ。お年寄りもいたわよね。おじいちゃんが」

「いたいた！　舅さんよ。その舅さんがまた気むずかしい人で、おまけに、今でいう認知症っていうの？　まあ、病院に通ってたわけじゃなさそうだから、そんなに重くはなかったんでしょうけれど、それもあってね。シロタさんの奥さん、大変だったのよ。それは同情するけどねえ。でも、だからって、うちだってそうそう保険ばっかり入れないもの。名前だけ貸してくれればいいいって頼まれたこともあったけど、そういうのは母さん、嫌いだから」

「じゃあ、そんなに深い付き合いだったわけじゃないのね」

言いながら、道子はちょっと眉《まゆ》を寄せた。シロタさんの舅さんが、認知症だったということは知らなかった。子供のころのことだから、聞いても理解できずに忘れてしまったのかもしれない。

「でも道子、あんた何で今さらそんなこと訊《き》くの？」

道子は笑ってみせた。「ちょっとね。火事の夢を見たのよ。それで、昔のことを思い出したの」

「あらまあ、火事の夢？　それで、火は見えた？　炎が見えた？」

「夢のなかで？　見えたけど――」

「それじゃあ、縁起のいい夢だわよ。火事の夢で炎が見えるのは、近いうちにお金が入ってくる兆しなんだよ」

「うちにはそんなあてはないわよ。ボーナスならもうもらったし」

「宝くじは？　定之さん、毎年買ってるじゃないの。今年は？」

「買ったんじゃないかな、向こうで。訊いてみるわ」

「きっと、それが当たるのよ。一億円とか。その兆しよ。だけど道子、いい夢のことは、他人にペラペラしゃべっちゃダメよ。吉夢は盗まれるんだからね。母さんだけにしときなさい。あ、それからね、お正月こっちに来るでしょ？　そのときに、納戸の整理を手伝ってちょうだいよ。あんたの古いアルバムとか、団地からこの家に引っ越してくるとき荷造りして、そのまま二十年もほったらかしにしてある木箱とかがあるの。開けたら、懐かしいものもいろいろ出てくるだろうから」

わかったわと応じて、道子は受話器を置いた。母の声を聞いているあいだは自然に浮かんでいた笑顔も、回線が切れると消えてしまった。

しばらく顔をしかめて壁をにらんでから、道子は、シロタさんが「城田」なのか「代田」なのか「白田」なのか、それを訊き忘れていたことに気づいたが、もう一度電話をかけ直すほどのことでもないと思った。だいいち、それがわかったからといって、どうだというのだ。

その日は四時間授業だったので、真由は給食を食べるとすぐに帰ってきた。昨日とはがらりと変わって、元気がない。今日はキミちゃんと遊ぶの？　と水を向けても、生返事をするだけだった。

「どうしたの？　風邪かしら」

心配する道子を見あげて、真由は言った。

「ママ、こわい夢、見る？」

道子は、真由の額に触れようと伸ばした手を宙で止めた。

「怖い夢？」

「うん」

「どんな感じの夢？」

真由は口をつぐむと、すべすべした額に子供らしくないしわを刻《きざ》んだ。表現が難しいのだろう。

「誰かに追いかけられたりするの？」

真由は首を横に振った。

「モンスターとか宇宙人とか」

もっと強くかぶりを振る。

「真由ちゃん、昨夜《ゆうべ》そういう夢を見たの？」

今度はうなずいた。道子はすっと背中に寒気が走るのを感じた。

「もしかして、それ――」

言い終える前に、真由が言った。「ママも出てきた」

「ママも？」道子は人差し指を自分の鼻の頭にあてた。

「うん。ママ、真由と同じ小学生《おんな》だった」

道子の心臓が、太鼓のようにどんどんと鳴り出した。真由にもそれが聞こえてしまうのではないかと思って、手で胸元を押さえた。

「真由とママと、手をつないで走ったの。すごく暗いとこ」

「暗いところかぁ」

「火が燃えてて、怖かったの」

道子は両目を見張った。真由を怯《おび》えさせてはならない。でも、顔が引きつる。

「真由ちゃん、それはもしかして、火事？」

「うん」

「すごく煙が出てて、臭くなかった？」

「ヘンなにおいがした。苦しかったよ」

「ねえ真由ちゃん」道子はキッチンの椅子から降りると、真由のそばにしゃがみこんだ。

「ママに教えてくれる？　昨夜のその夢のなかに、真っ黒い人が出てこなかった？　影みたいに黒いの。それで、ダンスしてるの」

こんなふうに——と、手をひらひらさせて身体を揺すってみせる。

真由はかぶりを振った。「そんなことはしてなかった。ママとあたしのこと、走って追っかけてきたの。ゲラゲラ笑ってたよ」

ぞっとした。でも、踊っていなかったなら、その黒い影はまた別のものかもしれない。たまたま母子で似たような怖い夢を見たというだけなのかもしれない。

「そうかぁ、怖かったね、真由ちゃん」

「うん。もうちょっとでつかまりそうだった。あたしがころんじゃったから」

「そこで目が覚めたの？」

「ううん」

首を振る真由の瞳が、ほんの少しだけれど輝いた——ような気がした。

「知らないお兄ちゃんが助けてくれたの」

「お兄ちゃん？」

「うん。おかしなカッコしたお兄ちゃん。あたしとママのこと、こうやってだっこして」と、真由は両脇に何かを抱えるような格好をしてみせた。

「なんかね、マンホールみたいなところに飛び降りたの。ぴゅうって落ちるんだけど、怖くないの。オレがついてるから大丈夫だよって、お兄ちゃんが言ったの。下についたら目が覚めるぞって。そしたら本当に目が覚めて、明るくなってた」

子供が真面目に話をしているとき、笑ってはいけないと、定之にきつく言われている。でも、道子はもう少しで吹き出すところだった。真由め、何か冒険もののマンガか本を読んだのだろう。それともテレビゲームだろうか。視力が落ちるといけないので、家では禁止しているのだが、キミちゃんのところでは遊ばせてもらっているらしいから。

「そっか。じゃあ真由は、もしもまた怖い夢を見ることがあっても、そのおかしなお兄ちゃんが助けてくれるから大丈夫だね」

真由は真顔で訂正した。「おかしなお兄ちゃんじゃないよ。おかしなカッコしたお兄ちゃんだよ」

「あ、そうね、はいはい」さすがに笑ってしまった。「おかしなカッコって、どんなカッコ?」

「パパが好きな映画に出てくるヒトみたいなカッコよ」

定之はアクション映画なら何でも好きだ。「どんなヤツだろう?　銃を撃ったりする?　悪い奴が大勢出てくる?」

「みんな馬に乗ってる」

「じゃ、西部劇だ!」今度こそ、道子は声をたてて笑った。「そのお兄ちゃんは、西部劇のガンマンみたいなカッコしてたわけね!　わかった、わかった」

話を始めたときよりはずっと気が楽になった。真由も話をしてスッキリしたのだろう、まもなくキミちゃんからお誘いの電話がかかってきて、出かけていった。一緒に宿題をやるというので、おみやげにドーナツを持たせてやった。

(西部劇のカッコしたお兄ちゃんてのは、きっとパパのことだね)

真由の小さな後ろ姿を見送って、道子は思った。

やっぱり、家族が離れて暮らすのはよくないな、と。あたしだって寂しいんだもの、真由はもっともっと辛いに違いない。

その晩、夕食後にこちらから定之に電話をかけると、彼はまだ帰っていなかった。会社の独身寮に間借りしているから、電話は共同で、寮母が出る。これが根性の曲がった婆さんで、単身赴任者の家族に嫌がらせをすることに生き甲斐《がい》を見出《みいだ》しているらしい。

「まだ帰ってないですよ。ここんとこずっと遅くてね。残業だかどうだかわかったもんじゃないけど。奥さんから電話があったことは、伝言板に書いておきますけど」

ここでイヒヒと笑って、

「本人が見なかったら、それまでだからね。あたしはそこまでは責任持てないから。ま、奥さん、旦那さんだって男だからさぁ」

毎度のことなのだが、道子はカッカして電話を切った。それから二時間ほどして定之から電話がかかってきたときにも、まだ不愉快さが残っており、いきなりきつい口調になってしまった。

「ずいぶん遅いのね！」

「忙しいんだよ」定之もムッとしている。「俺だって遊んでるわけじゃないんだ。いきなり怒ることないだろ」

さらに悪いことに、今週末も家に帰れないという。

「オーナーがベンチャー企業だろ？　船頭多くして船なんとやらでさ。統率がとれないで、ガタガタなんだ。それで、緊急の経営者会議をすることになったんだ」

「土日をつぶして？」

「そこしか日程がとれなかったんだよ」

「じゃ、あたしと真由でそっちに行くわ」

「来たって、俺は相手してやれないんだってば」

「夕御飯ぐらい一緒に食べられるじゃない」

「だからぁ、それもできないんだよ。会議ったって、会議室でやるわけじゃないんだ。ホテルにこもるんだから」


さっきの寮母の思わせぶりな言葉は、本当にただの嫌がらせだったのだろうか？　真実なのではないか。定之は道子と真由を放っておいて、赴任先で女の尻を追いかけ回しているのではないのか。

「お忘れかもしれないけど、今度の週末はクリスマス・イブなのよ！」

「しょうがないじゃないか。来週の週末は、絶対に帰るよ。俺だけじゃないんだ、部下もみんな休み返上で働いてるんだよ。カミさんに叱られて泣いてるよ。でも、仕事なんだからさ。わかってくれよ。な？　真由は元気か？　風邪なんか引かせてないだろうな？」

「引かせてないかとは何よ！」

結局、大喧嘩《おおげんか》になってしまった。真由にも聞こえていたろう。曇天のように暗い目をして、早々に寝床に入ってしまった。道子も、起きていても益体《やくたい》もないことばかり考えて腹が立つので、

（えーい、フテ寝だ！）

と、布団をひっかぶった。とうてい眠れるはずはないと思っていたのだが、昨夜はひどい寝不足だったし、なんだかおかしなくらい強い眠気がさしてきて、暗がりの底に転がり落ちるようにして眠ってしまった。

そして——また夢を見た。

3

道子は焼け跡に立っていた。

どこまでもどこまでも、見渡す限り、焼け落ちた

家の残骸が広がっている。焦げ臭い風が、べとついた指のように不愉快な感触で頬《ほお》を撫でる。真っ暗だ。三六〇度、視界が届く限り広がる廃墟。きっと広々としているはずなのに、頭の上から闇でふたをされたように窮屈で、息苦しいのはなぜだろう？

一歩踏み出すと、足の下で何かがかさこそと儚《はかな》い音をたてて砕けた。見おろすと、それは人骨だった。あばら骨の一部だ。道子は悲鳴を呑《の》みこんで飛びさがった。するとまた、別のものが足の下で壊れた。

一陣の風が吹きつけてきて、道子の髪を乱した。生臭い異臭をはらんだその風に、あたり一面の残骸が、死にかけた羽虫のようにさわさわと動いた。

道がない。方角もわからない。頭上を仰いでも、洞窟の底のような暗闇があるだけだ。暗闇は手を伸ばせば触れそうなほど近くにあるように見え、でも、実際に手をあげれば、虚空《こくう》に吹く冷たい風を肌に感じるだけだった。

とにかくジッとしていることが恐ろしくて、道子は歩き出した。とにかく一歩、足を前に出してみる。もう一歩出してみる。瓦礫《がれき》を踏む自分のかすかな足音と、ひゅうひゅうと喉《のど》を鳴らすような風の音が聞こえるだけだ。何も動かず、誰もいない。

これは夢だ。あたしは夢を見ているのだ。そうでなかったら、サンダルをはき、普段着を着て、エプロンまでかけて、こんな何処《どこ》とも知れぬ廃墟にいるはずがない。このエプロンは、去年の母の日に、真由がお小遣いでプレゼントしてくれたウサギのミッフィーちゃんのエプロンだ。大きなポケットがついている。手を差し入れると、何かが指先に触った。丸めたガムの包み紙だった。ほんのりと甘い匂いが残っている。

これは夢だ。あたしは夢を見ているのだ。どれほどリアルでも、これは夢だ。

いっぺん、ぎゅっと目を閉じてみる。そしてまぶたを開く。景色に変化はない。目が覚めてくれないのだ。道子、起きなさい！　目を覚ますのよ！　自分を叱咤《しった》して、もう一度強く目を閉じる。

　いきなり背後から、誰かに腰を抱かれた。道子は目も喉もいっぱいに開いて絶叫した。自分の声にかぶって、別の悲鳴も聞こえた。すぐ背後、自分の腰のあたりから聞こえる。

　激しく身をよじり、腰に巻きついている誰かの腕をふりほどいた。その誰かは道子の勢いに押されて地面に転んだ。

　真由だった。両手は煤《すす》で真っ黒。顔は血の気を失って真っ白だ。

「真由ちゃん！」

　飛びついて抱きあげると、真由はしがみついてきた。

「ママ！　ママだよね？」

「ママよ。真由ちゃんよね？　あんたはママの真由ちゃんよね？」

　道子は両手で真由の顔や身体を撫でたりさすったりして確かめた。間違いない、本物の真由だ。真由の髪、真由の目鼻、真由の腕。

「ママ、ここどこ？」真由はちょっぴり涙ぐんでおり、煤で汚れた手で目尻をぬぐうと、頬に黒い筋がついた。「お布団に入って、気がついたらここにいたの。一人で怖くって、ずっと隠れてたの。そしたらママが見えたから、走ってきたの」

「真由ちゃん、これは夢のなかよ」

「ゆめ？」

「そう。ママと真由は同じ夢を見てるの。そうに違いないわ」

　二人の人間が同じ夢を見ることも珍しいだろうが、ひとつ夢のなかに居合わせるというのはもっと珍しいだろう。そもそもそんなことが起こり得るのかどうかさえ怪しい。だが、真由はそうした理屈っぽい

疑問の代わりに、

「じゃ、パパもどこかにいる?」と質問した。「ママと真由がいるなら、パパだっているかもしれないよね?」

「そうね。探してみる?」

「うん!」

道子はしっかりと真由の手を握ると、幼い娘をかばうようにして、また慎重に歩き始めた。油断なく周囲に目を配っていると、いくらか闇に慣れたのか、焼け跡の様子がよく見えるようになってきたことに気がついた。もっとも、光源らしいものはどこにも見あたらない。なのに、どうしてまわりが見えるのよ? 夢だからよね。夢のなかでは何でもアリなのよ。

二人でそろそろと、十メートルばかりも進んだろうか。いろいろなものを目にした。足を上に向けてひっくり返ったまま黒焦げに焼けている学習机や、煤だらけになった電気炊飯器や、ぶすぶすとくすぶっている布団。焼き切れて天井から垂れ下がった電気の配線コード。ビニールコーティングされたものではない。真っ黒な瓦礫のなかで何かがピカリと光る。よく見ると、古いコードにつながれた、アイロンの先端がのぞいているのだ。だんだら模様の布でコートされたコードだ。

すべて、道子が子供のころの道具だ。今のものではない。ひょっとしたらここは――

「ママ」真由が道子の手をぎゅっと握りなおしながら、ささやくように言った。「これ、みんな同《おん》じうちばっかりだね」

道子は真由の顔を見た。「同じ家?」

「うん。ここのもそこのもあっちのも、同じうちだよ。同じうちでできた町だよ」

言われてみれば、確かにそのとおりだ。真由の目は鋭い。両隣の家もその後ろも、三軒先も五軒後ろも、すべて同じ一軒の家だ。シロタさんの家だ。これは全部、シロタさんちの焼け跡だ。

　まるで道子がそれに気づくタイミングを待っていたかのように、見渡す限りの焼け跡の家々のなかで、いっせいに、黒い人影がひょこひょこと踊りだした。

　道子のうなじの毛が逆立った。手を振り、足を踏み、黒い影は嬉しそうに踊っている。踊りながら、それぞれの家のなかから出てくる。外へ出てくる。数え切れないほどの黒い影が、道子たちの方へ近づいてくる。

　道子は真由を抱きあげると、回れ右をして駆け出した。黒い影たちは、まだ道子たちの道をふさぐほど近寄ってはいなかった。しかし、道子が逃げ出すと、彼らは瞬時にひょこひょこ踊りをやめ、その場に仁王立ちになると、両腕を天に突きあげて咆哮《ほうこう》した。

　考えられる限りの忌まわしい姿をした痩《や》せ犬が、百匹も千匹も束になり、いっせいに遠吠えをしているかのような声だった。あまりのおぞましさに、道子の胃がでんぐり返りそうになった。真由がしがみついてくる。道子はその小さな頭の後ろに手をあてて、しっかりと抱きしめ返した。

「真由ちゃん、見ちゃダメ！　お耳をふさいでなさい！」

　しかし、真由は金切り声で悲鳴をあげた。

「ママ！」

　真由の悲鳴に引っ張られて、道子は走りながら肩越しに振り返った。瞬間、足がもつれてたたらを踏んだ。

　黒い影たちが、続々と集まってきている。今や彼らは集団ではなかった。アメーバみたいに融合して、ひとつの個体になりつつある。ひとつが溶け合うと、その分だけ大きくなる。またひとつが融合すると、またその分だけ大きくなる。

唖然《あぜん》として口を開き、道子は、今や二階家ぐらいのサイズになった黒い影を見あげた。

　道子と真由の目の前で、黒い影の集団は、ついにひとつに融合し終えた。

「――ゴジラ？」と、真由がささやいた。

　黒い影の目の部分に、黄色い光がぴかりと灯った。それが動いて道子を見た。真由を見た。道子はそれと視線が合うのを感じた。

　そして瞬時に理解した。それの害意を。それの邪悪を。

「ゴジラじゃないわ、真由ちゃん」道子はささやき返した。「ゴジラより、もっともっとうーんと下等で良くないケダモノよ！」

　それの口がぽっかりと開いて、哄笑《こうしょう》がほとばしり出た。一瞬だけそれを睨《にら》み据えると、道子は真由を抱きしめて逃げ出した。笑い声が後から追いかけてくる。笑い声が巻き起こす旋風に吹き飛ばされそうになりながら、道子は必死で走り続けた。

　走る、走る、走る。息があがり、胸は破裂しそうで、両足の関節が悲鳴をあげている。でも止まらなかった。止まったら、死よりも悪いものが待ち受けていると、本能が告げていた。そうして走りながら、頭のなかで絶叫していた。どうして？　どうしてあたしは目を覚まさないのよ？　これは夢でしょ？何で目が覚めないのよ？

　目を覚ましなさい、バカなあたし！　目を覚ますのよ！

　どこまで逃げてもキリがないように見えていた廃墟が、いきなり終わった。道子はつんのめるようにして足を止めた。

　そこは廃墟の縁《ふち》だった。この場所の縁だった。崖《がけ》っぷちだ。ギザギザした土地の断裂面が、左右に長く伸びている。右に逃げても左に走っても、同じような崖っぷちが続いているだけだろう。

真っ黒な巨大な人影は、これを知っていたのだろう。道子たちを追いつめた喜びに、身体を震わせながら追いかけてくる。笑い声がさらに大きくなる。

道子はごくりと喉を鳴らし、じっと黒い怪物を見つめた。それから、おそるおそる足元をのぞきこんだ。

崖の下には、ミルクのような濃い霧が立ちこめていた。ほとんど崖っぷちにまで、霧が満ちていた。

(きっと、ここが夢の縁でもあるんだ)

崖から飛び降りれば、目が覚めるはずだ。そうに決まってる。

もし――もしもそうでなかったら?

巨大な黒い怪物は、もうすぐ間近にまで迫っている。それの吐き出す息の臭いがするほどに。焼け跡の臭いだ。焦げた木と布と肉の臭いだ。

「ま、ま、真由ちゃん」

震えながら、道子は真由を抱きしめた。

「いい子だから、目をつぶってなさい。ママがもういいよって言うまで、絶対に開けちゃダメよ」

真由は無言でしがみついてきた。目の縁にしわが浮かぶほど強く、まぶたを閉じている。「目を開けたら、オハヨウの時間だからね」

道子は優しくそう言って、真由の髪を撫でた。そしてくるりと崖の方に向き直ると、きわきわの縁に立った。大きく息を吸い込み、目を閉じる。

そのとき。

いきなり、下から風が吹きあげてきた。清らかな霧が、道子のスカートをあおり、顔を撫で、髪を吹き乱した。

目を開けた道子は、その目の存在価値を疑うようなものを見た。

ものすごくでっかいブリキのバケツが、逆さまになって、霧のなかから上昇してくる。

バケツの底の部分に、ちょうどヘリコプターみたいなプロペラがついている。それがぎゅんぎゅんと音をたてて回ると、バケツはゆっくりと上昇を続ける。

やがてバケツの全景が霧から抜け出し、するとそのぐるりには、土星の輪っかみたいなステージがあり、柵《さく》に似た手すりが、とびとびについている。その手すりからは、ベルトみたいなものやパイプみたいなものがいっぱいぶら下がっていた。

ステージの端には、むき出しの一人用の座席が、頑丈そうなパイプに囲まれてセットされていた。そこに小柄な少年がひとりいて、中腰になり、片手を飛行機の操縦桿みたいなものにかけ、空いた片手を口元にあてて、大声で道子に呼びかけてきた。

「おーい、オバサン！　こっちに飛び乗れ！」

道子は言葉という言葉を失い、顎《あご》がはずれそうになるほど口を開いて、ただ突っ立っていた。

「ぼうっとしてるんじゃねえよ、オバサン！　早く飛び乗れ！」

少年は手をこちらにさしのべた。バケツが崖っぷちに寄ってきて、土星の輪っかみたいなステージが、道子の腰の高さに来た。

「その子をこっちへ！　早く早く！」

よく見ると、バケツの胴体の前後に四角い窓が開いている。内部にも人がいるみたいだ。操縦者？　これって、乗り物なの？

「あた、あた、あたし――」

道子が後ずさりを始めたとき、背後でひときわ高い咆哮が轟《とどろ》いた。あの怪物だ。どすんどすんと駆け寄ってくる。その振動で、道子は飛び跳ねそうになる。

「あー、もう、じれってえな！」少年は一声叫ぶと、ステージから崖の縁に飛び降りた。そして道子の肩をつかむと、バケツの方へと押しやった。

真由がぱちりと目を開き、叫んだ。「あ、お兄ちゃん！」

「よう、また会ったな！」

少年は陽気に真由に応じると、呆然《ぼうぜん》としている道子の手から真由を抱き取って、ひょいとステージに乗せた。

「真由、この人があんたの言ってた――」

「そういうことなの。だから早く乗ってくれよ、オバサン！」

「ママ、行こう！」

ほかの何よりも、真由の明るい決断の声と、さしのべられた小さな両手が道子の迷いを消した。真由の手にすがって、ステージに駆けのぼった。少年が身軽に後に続き、両手でステージの手すりにしがみついている真由を手早くベルトで固定すると、拳《こぶし》でバケツをばかんと一発、

「いいぞ、出してくれ！」と、声を張りあげた。

バケツはぐいんと上昇し、崖っぷちを離れた。道子は転んでよつんばいになり、危うく手すりの隙間から下に落ちそうになった。

飛び去る道子たちの目の下を、巨大な黒い怪物の頭がかすめた。それがバケツをつかまえようと伸ばした汚い指が、上昇気流にあおられてはためく道子のエプロンの端に触れそうになった。

「オバサン、しゃがめ！」

少年の声が飛んできたかと思うと、道子のすぐ右脇を、光の粒がしゅんしゅんと音をたてて飛んでいった。光の粒は眼下の怪物の頭にあたり、すると怪物はうなり声をあげて両手で頭を押さえた。

「よっしゃ、今のうちにずらかろうぜ」

少年はあの座席みたいな場所に腰を落ち着けていた。ちょっと見て、道子はやっと理解した。これはいわゆるひとつの〝銃座〟というものだ。ということは、さっきあたしのすぐそばを通過した光の粒は、

何かの銃の弾だ。あれは攻撃だったのだ。

「あ、あ、あんた」

道子はその場にへたりこみ、手すりにひしとしがみつきながら、声だけ張りあげた。

「さっきの、あれ、あたしにあたるかもしれなかったじゃないの！」

少年は銃座の縁に行儀悪く片足を乗っけて、へへへと笑った。彼が手をかけていたハンドルみたいなものも、銃の本体の一部なのだろう。銀色に光っているが、全体として、掃除機によく似ている。

「いいじゃんか、あたンなかったんだから」

「あんたねえ！」

「まともにそっち向いて撃たない限り、平気だってばさ、オバサン」

そう言いながら、少年は銃座をくるりと回転させて、金属製の掃除機の頭を道子の方に向けた。

「やめなさいってば！」

真由がクスクス笑った。「大丈夫よ、ママ」

空飛ぶバケツは霧のなかを飛んでゆく。道子は手を伸ばして真由と手を握りあい、危ういところで自分たちを助けてくれた、しかしこれ自体も相当危うそうな乗り物を、しげしげと観察した。よく見ると、あっちこっちつぎはぎに溶接した痕《あと》が残っている。はっきりいってポンコツのようである。

銃座についている少年は、確かに真由が言っていたとおり、西部劇のガンマンに似た格好をしていた。ジーンズの上からはいた革の腰あて。よれよれの革のベスト。ものすごく履きこんでいるらしい、底厚のブーツ。腰のベルトには、なにやら工具みたいなものがいっぱいくっつけてある。

だがしかし、どういうわけか、彼は背中に細身の青竜刀みたいなものを背負い、真っ赤なハチマキを巻いていた。西部劇とカンフー映画の登場人物に電気工事作業員を足して不可思議な因数分解をすると、こういう出《い》で立ちになるかもしれない。しかし、西部劇のガンマンもカンフー映画の悪役も電気屋さんも、誰も逆さまに伏せたブリキのバケツにプロペラをくっつけて空を飛んだりはしないだろう。

少年は銃座のそばの装置から、無線機みたいなものを取り上げて、耳にあてた。

「こちらB－PPTバレンシップ、コード5、コード5。センター応答してくれ」

無線機みたいなものが、何かチャチャチャチャと返答を寄越《よこ》した。少年は続けた。

「チェックポイントでD・Pを保護した。繰り返す、D・Pの保護に成功。一時待避用のグリッドを指定してくれ。この前みたいに座標の位置を間違うんじゃねえぞ」

真由が目をぱちぱちさせている。無線機がまた何か言い、少年はそれを傍らの機械のキーパッドに打ち込んだ。そして身をよじって窓の方を見ると、窓の内側の人影に向かって、右手の方向を示してみせた。

「わかってるよ」と、窓の内側の声が応じた。野太い声だった。「それより、おめえが壊したモニターの修理代が未払いだ」

少年は聞こえなかったふりをしたが、道子には聞こえた。ブリキの壁を通して、これだけはっきり声が聞こえるということは、つまり、この乗り物はぺこぺこの安普請《やすぶしん》だということだろう。

道子は生きた心地がしなかった。両手でしっかり柵をつかんで、一心に祈った。

「神様仏様、もう二度とSF映画を観ません。ホラー映画も観ません。特撮映画はけっして観ません。ですからお願いです、あたしを正気に戻してください」

「オバサンは正気だってば」と、少年がニヤニヤ笑いながら言った。「ただ、記憶力が悪いよなぁ。おかげでジャックイン・ポイントの設定が難しくってさ、何度もドジっちまったぜ。学校の成績、悪かったろ?」

道子は目をつぶって頭を伏せた。「どうぞ神様仏様、あたしを正気に戻してください。あたしは何も見てません。何も聞いてません。これは夢です幻です!」

「ま、それはそうなんだけどさぁ」

少年はハチマキの下に指をつっこんで、頭をボリボリかいた。

「また説明すんの、かったるいぜ」

「あ。あれ」

霧の下の方に向かって、真由が指さした。道子は、真っ白な霧のなかに、黄色いペンキで円を描いたヘリポートが、ぽかんと浮かんでいるのを見つけた。

ああ、あたしはホントにホントにおかしくなってしまったんだわ。定之の顔を思い浮かべると、涙が出た。あなた、真由をよろしくお願いします。

「よーし、着陸すっからな。しっかりつかまってなよ」

少年が笑って真由に呼びかけた。真由も笑顔で、「うん!」と、元気よく応じた。

空飛ぶバケツはヘリポートの真ん中にふわりと降りると、ガラガラと騒々しい音をたててエンジンを切った。

「よし、と。降りてもいいけど、ポートの縁から落っこちないでくれよ。拾いに行くの、タイヘンなんだからさ」

少年は道子と真由にそう言って、自分も銃座から立ちあがると、真由のベルトをはずした。真由は物珍しそうにまわりを見回し、すぐにステージから降りようとした。

「ダメよ、真由ちゃん! こっちへいらっしゃい」

道子は真由を呼び寄せて、しっかりと抱きしめた。

そしてとげとげしい問いを投げつけた。「あなたたち、何者？」

少年は、片足に体重をかけてだらしない格好で突っ立ったまま、また頭をボリボリかいた。

「うんとさあ、長い話になるんだよね」

で、バケツの方に向かって呼びかけた。

「マエストロ！　早く出てこいよ！」

声に応じて、バケツの後ろの部分の壁の一部がパッカンと跳ねあがり、そこから男がひとり、のっそりと出てきた。

「お約束の、レセプションのお時間だぜ。オレは話が下手だからさ、頼むよ」

バケツの操縦席にいた男は、たいそうガッチリとした体格で、木こりのようにたくましかったが、見事なまでのつんつるてんのハゲ頭だった。やかんがバケツに乗ってたわけねと思って、道子は笑いそうになり、あわててこらえた。笑ってリラックスするのが嫌だったのではない。いったん笑い始めたら、本当に頭が壊れるまで笑って笑って笑い続けてしまいそうだから怖かったのだ。

マエストロと呼ばれた大男は、少年よりもだいぶ年上に見えた。道子の父親に近いくらいの年齢かもしれない。鼻の下のチョビひげが真っ白だ。目元は優しくて、彼が真由に向かってにっこり笑いかけると、感じのいい笑いじわができた。

「嬢ちゃん、こんにちは」と、男は深みのあるバリトンで言った。「わしのバレンシップの乗り心地はどうだったね？」

彼は西部劇のガンマンでも、カンフー映画の悪役でもなかった。木こりとペンキ職人を足して、何かよくわからない要素をかけたような出で立ちだった。

「マダム、こんにちは」

マエストロは道子にうやうやしく頭を下げた。

「たいへんな目に遭いましたな。しかし、わしが来たからにはもう安心じゃ」

「わしじゃねえだろ。わしらと言ってほしいね」

少年が口をとがらせた。マエストロはがははと笑った。

「いまだにジャックイン・ポイントの手動算出もできねえガキが何を言いくさる」

「うるせえな。てめえの教育が悪かったからだろ」

「わしはしっかり教育したぞ。おまえを育てるために、特注の計算尺を何本へシ折ったと思っとんのだ」

「それがまずかったんだ。ガキは優しく誉めて育てろって、いつも言ってるじゃねえか」

「おまえは例外じゃ」

「あの」と、道子は割り込んだ。「お話し中すみませんけど、あたしの質問には答えていただけないの？」

少年はぶらぶらと銃座に戻ると、だらしなく腰かけた。マエストロは道子のそばに来て、何と、きちんと正座した。

「実はですな、マダム」と、彼は大真面目に切り出した。「すでにご承知だろうが、わしらが今いるこの空間は、マダムの夢のなかですじゃ。そしてわしらは、マダムの夢に巣くう悪《あ》しきものを退治しに来たのです」

4

真由が道子の腕のなかでこちらを見あげた。

「ママのゆめ？」

「そうだよ、嬢ちゃん」

マエストロがうなずいて頭を動かすと、つるつるがてかてかと光る。これほどきれいな禿頭《とくとう》を見るのは初めてのことだから、珍しいのだろう、真由はぽかんと口を開いて見とれた。

「ここがわたし自身の夢のなかだってことは――わかったようなわからないような――でも、現実じゃないってことは、確かに感じられるんだけど。だって、こんなことが現実に起こるわけないもの」

道子は、自分でも何を言っていいかよくわからなかった。知りたいのは、どうやったらこの途方もなくへんてこな夢が覚めるのかということだけだ。

「あなたのおっしゃる〝悪しきもの〟というのは、さっきわたしと娘を追いかけてきた、あの怪物のことですか?」

「左様です」マエストロは答えた。「マダムは、あの怪物の正体をご存じかな?」

「知らないわ。見当もつかない」

「本当に? 思い出のなかにも見あたりませんかな? マダムに心当たりがないのならば、あれがここに巣くう理由もないのですが」

まるで、道子のシロタさんの思い出について、何もかも知っているかのような問いかけだった。道子はあらためて、マエストロと少年の顔を見比べた。この人たちと、以前にどこかで会っているだろうか? 知人じゃないにしても、たとえばテレビで見かけたとか? 夢のなかに、俳優や有名タレントが親しげに登場するのは珍しいことじゃない。

まるで道子の心に渦巻く疑問を読みとっているかのように、マエストロは先回りをして答えた。

「わしもこの弟子も、マダムとは初めてお目にかかります。マダムはわしらのことなどまったくご存じないはずだ。しかし、あの怪物のことはご存じでしょう。少なくとも、あれの仮の姿を目撃したことがあるはずだ。マダムがマダムの愛らしい嬢ちゃんぐらいのお歳のときに」

そして、驚く道子に、マエストロは道子の「シロタさんの火事」の思い出を、すっかりさらって聞かせてくれた。頭の中身を透かし見られているみたいな薄気味悪さと、少々の恥ずかしさに、道子は途中で目をそらしてしまった。

「どうして、あなた方がそんなことを知ってるんです？　確かにわたし――シロタさんの火事を見て――踊る黒い人影を見て――あの怪物は、それとそっくりだったけど」

マエストロは「ふむ」と、うなずくと、正座していた膝《ひざ》をくずしてあぐらをかいた。

「それではマダム、少しばかり長い話になりますが、わしらの説明を聞いていただけますかな？　もしもマダムと嬢ちゃんが、今日はもう疲れた、これ以上はガマンできない、早く夢から覚めたいとお望みなら、説明は次の機会にしてもよいのですが」

「えー、カンベンしてくれよ！　また計算をやり直さなくちゃならねえじゃないか」

銃座に腰をすえたまま、少年が両足をバタバタさせて不平を鳴らした。マエストロの方は澄ましたもので、

「それもまた、弟子にとっても良い勉強の機会ですじゃ。ですから遠慮は要りませんぞ」

道子は真由の小さな白い顔を見おろした。特別好きな絵本や、ディズニーのアニメ映画を観ているときみたいな目をしている。興味津々《しんしん》なのだろう。

だが、道子は疲れた。心にはまだ怪物への怯えも残っている。でも、このまま目覚めてしまっては、昼のあいだじゅう、このおかしな夢について考えていなくてはならないだろう。それは辛い――

（バカね、道子）と、内心思った。（このおかしなおじいさんも男の子も、あんたの夢のなかの登場人物なのよ。あんたの想像力がこしらえた存在なの。彼らの〝説明〟だって、あんたが自分で考えて、夢のなかで披露するだけのものなのに）

すかさず、少年が言った。「それは違うよ、オバサン」

どきりとした。道子は鞭《むち》でぶたれたみたいに彼の方を振り返った。

「違うって、何がよ？」

「だから、今オバサンが考えてることだよ。俺もマエストロもオバサンの想像力の産物なんかじゃない。ちゃんとした実体があるんだ」

「そんな……どうしてあたしがそんなふうに考えてることがわかるのよ？」

少年はひょいと肩をすくめた。「俺らがオバサンの夢のなかにジャック・インしてるからさ。オバサンの考えることも、オバサンの見る夢も、元はひとつ。どっちも、オバサンの脳がつくりだしてるものだからね」

「大変不作法で申し訳ないが、そういうことですじゃ」と、マエストロが言い添えた。「しかし、ご安心くださいよ、マダム。わしらがジャック・アウトすれば、もうそんなことは起こりませんからな」

道子は頭が痛くなってきた。夢のなかで頭が痛くなるというのは、夢を生み出している生身の道子の頭が痛くなっているからか？　それとも単に、全然痛くはない頭が、頭が痛いという夢をつくりだしているだけなのか？　ああ、もうわけがわかんないわよ！

「おじいちゃん、オバケ？」と、真由が唐突に質問した。「お兄ちゃんも？　だけど、足があるよねー」

少年は座ったまま真由の方に身を乗り出すと、口の端を、定之が日曜大工の真似事をして打ち損なった釘《くぎ》みたいに曲げて、ニヤッと笑った。

「オバケだったらどうする？　怖いぞぉ」

「子供を脅かさないでよ！」

だが、真由は全然怖がってなどいなかった。それどころか、両手で口をおさえてクスクスと笑った。

「おもしろーい！」

道子はため息をついた。「いいわ、いいわよ。長い話だろうとバカみたいな話だろうと、聞きますわよ。聞けばいいんでしょ？　どうせあたしの夢なんだから、いいわよ」

「それでは始めますかな」と、マエストロは顎を撫でた。


彼らは、別世界から来たという。

「マダムがお住まいの現実世界とはまったく別の位相に在る世界ですじゃ」

はあ、そうですか——と、道子は合いの手を入れた。すかさず、少年が口を出した。

「今のところ俺らの世界では、俺らが暮らしてる俺らの現実と、オバサンたちが暮らしてる現実とは、時間がずれてるんだと解釈してるんだ。つまり、俺らもオバサンたちと同じ銀河系の星のなかのひとつに生まれた生命体なんだけど、オバサンたちの地球よりもうーんと前に栄えて滅びてしまった。あるいは、オバサンたちの地球よりも、うーんと後に生まれて栄える予定になってる、と」

道子は彼らの顔を見回した。「あたし、そういう筋書きのＳＦ映画を観たことがあるわ」

「じゃ、わかるだろ？」

「あいにく、字幕の台詞《せりふ》だけじゃ説明が足りなくてね。あたし、途中で居眠りしちゃったのよ」道子は笑った。「要するに、昔むかし、銀河のあるところで——という設定ね？」

「昔とは限らないけどな。ま、いいや」

コホンと空咳《からぜき》をして、マエストロは割り込んだ弟子をにらみつけた。「おまえは説明が嫌いだと言うわりには、いつもしゃしゃり出てくるな」

「ジジイのしゃべりがかったるいときに、助けてやってんじゃねえか」

二人のやりとりに、真由がまた笑った。そういえばこの子は、ずいぶん長いことお祖父《じい》ちゃんお祖母《ばあ》ちゃんに会ってないし、従兄弟《いとこ》たちにもご無沙汰してるわ——と、道子はふと思った。

「さて、わしらの世界、わしらの星はですな」と、マエストロは続けた。「マダムのお住まいの地球とは違って、もともと陸地が非常に少なかった。そこにひしめきあう人間どもは、群小国家をつくって互いに戦争ばかりをしておった。それがようやく統一されたのが、マダムのお国の暦で言うところの、およそ三十年ほど前のことです。そして連邦国家が誕生した。現在では、この国家のことを〝旧連邦〟と呼んでいます。なぜそう呼ぶのかは、おいおいわかりますのでな」

〝旧連邦〟では、それまで分散していた各国の知識や技術も集められたので、急速に科学が発達したのだという。

「そして今から十二年ほど前——〝旧連邦〟のある都市で、政府直属の特命を受けた科学者グループによって、ある極秘実験が行われました。今では調査によって、その実験のコード・ネイムが〝プロジェクト・ナイトメア〟だったということが判明しておるのですが、これは——」

「ちょっと待って！」今度は道子が割り込んだ。「ナイトメアって、英語で〝悪夢〟の意味よ？もともとの日本語じゃないわ！」

マエストロはうなずいた。「そのとおりですが？」

「あなたたち、ヘンよ。そうよ、考えてみれば最初からヘンよ。別の世界から来てるなら、どうしてあたしたちといきなり言葉が通じるの？　あたしたちの言葉をしゃべれるの？　しかも、日本語にカタカナ英語まで混ぜて。えらく流ちょうじゃないの！」

マエストロはにっこりした。少年は銃座のなかで「あーあ」と声をあげて嘆いた。

「だからさ、それもオバサン、俺らがオバサンの夢のなかに——」

「ジャック・インしてるから?」

「そ。そういうこと。俺らは、オバサンの言語や知識を使ってしゃべってんだよ。オバサンの言うとおり、俺らが俺らの世界の言葉でしゃべったって、オバサンには通じないだろ? オバサンが〝ナイトメア〟が〝悪夢〟って意味だって知ってるから、マエストロはその言葉を使ったんだ」

「ちなみに」と、マエストロが続ける。「わしらの持ち前の言語で〝悪夢〟という言葉を言いますと――」

マエストロはなんだか呪文《じゅもん》みたいな声を発した。シュラシュシュシュというふうに聞こえないでもなかった。

「というふうになりますのじゃ。しかし、意味は同じです。悪夢つまり悪い夢」

道子は両手でこめかみを押さえた。「わかったわ。あたし、やっぱりSFX映画を観すぎたのよ。それでちょっとおかしくなってるんだわ。あんまり現実離れした映画ばっかり観ちゃいけないってわかってるんだけど、最近はブラッド・ピットまでSF映画に出るもんだから、油断も隙もないのよ」

「そういう問題じゃねえと思うけどね」と、少年は嘆息した。それから真由に、「ブラッド・ピットって誰だ?」と尋ねた。

「知らない」と、真由は答えた。「ジニーなら知ってるよ」

「ジニー?」

「ランプのなかに住んでるの。何でも願いごとをかなえてくれるの」

「ランプって、こんな小さいだろ?」少年は手でサイズを示した。「そりゃ気の毒だな。俺だってもうちっとましなところで寝起きしてるぜ」

「うるさいわね、真由にかまわないでよ!」

「わかった! そのジニーって奴、囚人だな?」

「シュージンてなに?」

「悪いことをして捕まったヤツさ」

マエストロがいきなり何かをパッと投げ、少年が銃座から転がり落ちた。

「やかましいわい!」マエストロは怒鳴った。そしてまたさっと笑顔に戻ると、道子に向き直った。

「続けましょうかな、マダム」

危ねェなぁと文句を垂れながら、少年が起きあがった。手にボルトみたいなものを持っている。今、マエストロが投げつけたものだ。道子はぎょっとした。なんとまあ。

「ねえマエストロさん、お弟子さん――あんなものが当たったら、死んでしまいますよ」と、おそるおそる言ってみた。

「なに、当たりませんじゃ」マエストロは落ち着いたものである。「さてマダム、この〝プロジェクト・ナイトメア〟なるものは――」

道子は謹聴した。

〝プロジェクト・ナイトメア〟とは、人間の意識を肉体から切り離し、自在に保管したり移動させたりする装置の実験だったのだという。

「意識を身体から切り離す?」道子は目を見張った。

「そんなことをして、何の意味があるの?」

「もしもそれが可能になれば、マダム、人間は限りなく〝不死〟に近づきますじゃ」

ある人物の肉体は滅びても、その意識さえ分離保存することができるならば、それを別の器に――それは必ずしも生身の肉体でなくてもいい――移し替えてしまえばいい。それを繰り返せば、確かに理屈の上では、その人間は永遠に死なないことになる――みたいな感じはする。

「意識とはすなわち、脳の発する電気信号の集積ですじゃ。脳とは、自家発電機能を有した、この信号の発信・記憶装置。なれば、それと同じ機能を持つ機械と、それを動かすシステムを作りあげることができれば、同じ働きをさせることができる」

ま、これも理屈の上では。

「〃旧連邦〃の科学者グループは、これに成功しました。そして試作された実験機は、〃ビッグ・オールド・ワン〃と名付けられましたのじゃ」

〃ビッグ・オールド・ワン〃は改良に改良を重ねられ、五代目に、ついに完成機が誕生した。〃プロジェクト・ナイトメア〃は、この五代目〃ビッグ・オールド・ワン〃の運転実験だったというのである。

「でも、おかしいわね」道子は眉を寄せた。「不死になるための機械の実験が、どうして〃ナイトメア〃なの?」

マエストロの顔がほころび、つるつるがぴかぴかした。「マダムは聡明《そうめい》ですな。良いご質問です」

「それはどうも」

「この科学者グループの最初の目的は、戦争や災害や犯罪などの体験によって、恐ろしく辛い記憶を抱え込むことになった人々を救うことでしたのじゃ。つまり、辛い記憶——当人にとってはまさに悪夢のような出来事の記憶だけを、意識から抜き取って破棄しようという試みですな。それほどに、〃旧連邦〃が結成されるまでの戦争続きの時代は悲惨なものでした」

マエストロはちょっと顔を歪《ゆが》めた。

「わしなど、ごく幼いころに内戦を体験しておりますからな。科学者たちがこう考えたことも、理解できないではないですじゃ」

確かに、辛い記憶だけを、棘《とげ》を抜くようにして取り去ってしまう方法が発見されたなら、それは、心の傷に苦しむ人たちにとって福音になるだろう。でも、そんな旨《うま》い話があるかしらと、道子は思った。

「それが発展して、意識全体を肉体から分離させられないかということになった。ですから、実験の名称も、最初に〝ナイトメア〟と決められたものが、そのまま継承されておりましたのじゃが」

「しまいには本物の悪夢になっちまったんだよ」と、少年がまた口をはさんだ。今度はマエストロも何も投げず、怒りもせずに同意した。

「そうですじゃ、マダム。十二年前のある日、この大がかりな実験装置〝ビッグ・オールド・ワン〟は暴走事故を起こしました」

研究所の在った場所は、現在では〝ゼロ地点〟と呼ばれている。〝爆心地《グランド・ゼロ》〟のゼロでもあるし、そこには〝何もなくなってしまった〟故のゼロでもあるという。

「何もなくなったって？」

「言葉通りの意味ですじゃ、マダム。すべて消えてしまいました。研究所の敷地どころか、研究員たちが住み着くことによって形成されていた小さな町がまるまるひとつ、消失してしまいました」

そして、穴が形成されたのだという――時間軸までまっすぐに突き抜けた、文字通りの〝抜け穴〟が。

「事故の後、必死の検証によって、この〝抜け穴〟がわしらとは別の世界につながっていることが判明しました。つまり、マダムのお住まいの世界です。わしらの世界とマダムの世界は、この〝抜け穴〟を通って行き来できることになってしまったわけですじゃ」

「じゃ、あなたたちもそこを通ってやって来たわけなのね？」

「そういうことですじゃが――」マエストロはむにゃむにゃ言った。「それはもうちょっと後で説明します」

〝ビッグ・オールド・ワン〟の暴走事故は、彼らの世界にも破滅的な災厄をもたらした。うち続く異常気象と天変地異で、ある場所は水没し、ある場所は砂漠化し、ある場所では未知の疫病が流行し、人び

とはバタバタと死に、都市は荒廃し、

「結局、当時の連邦国家は崩壊しました。ですから、現在わしらが暮らしておる国は、〝ビッグ・オールド・ワン〟の暴走という大災厄の後に、生き残った者たちが力を合わせてつくりあげた、小さな小さな国ですじゃ。で、これを〝新連邦〟と呼び、かつての連邦を〝旧連邦〟と呼ぶわけです。〝新連邦〟の人口は、〝旧連邦〟の三分の一足らずですしな、生活水準も、ぐっと下がってしまいました」

マエストロは悲しげにゆらゆらと首を振った。

「それもこれも自業自得、招いて起こした災厄ですが、しかし、あまりにも大きな代償を払うことになったものですじゃ」

「でも、どうしてそこまでひどいことに？　〝ビッグ・オールド・ワン〟を動かしていた動力って、何だったの？　核とか？」

マエストロはつるりと禿頭を撫でた。「それが、いまもって不明なのですじゃ。何らかのフリー・エネルギー装置だったというだけで」

「わからないの？　何で？」

「すべてを知っていた研究員たちも、政治家も、みな暴走事故で命を落としてしまいましたからな」

マエストロは、それがまるで自分のしでかした不始末であるかのように、身を縮めた。

「データも資料も、根こそぎ失われてしまいました。わしらに判《わか》っているのは、このフリー・エネルギー発生装置は、ただの動力源であるだけでなく、〝ビッグ・オールド・ワン〟の主機能ともリンクしていた、ということだけですじゃ」

たったそれだけ？

「だけどあなたたちは――さっき言ったじゃない。暴走事故という大災厄でできた〝抜け穴〟を通って、あたしたちの世界に来てるって。事故を検証したって。検証するには、事前にそれなりの知識が必要でしょ?」

　道子は二人の顔を見比べた。そろって、忘れ物をした言い訳を考える小学生みたいな顔をしている。

「えー、マダム、わしらは」と、マエストロがもごもご言い出した。

「すべて、手探りで検証したのですじゃ」

「手探り?」

「つまり、身体を張って、さ」少年が言った。「簡単に言うと、地震でできた地割れの底に、命綱をつけて降りて行くみたいなもんよ。な、マエストロ?」

　マエストロは頭をつるつる撫でている。

「ずいぶんとまあ、無鉄砲ねえ!」

「おっしゃるとおりですな、マダム」

「マエストロは俺よりもっと若いときから、〝抜け穴〟の案内人《シーカー》をやってたんだ。オバサンの言う無鉄砲な案内人がいっぱいいたから、大災厄で何が起こったのか、〝抜け穴〟がどこへつながってるのか、ちょっとずつわかってきたんだよ」

　ちょっぴり得意そうに説明する少年に、ふうん——と、道子はうなずいた。

「あなたたち、苦労してるのねえ」

「痛み入りますな、マダム」

「だけど、それがあたしたちとどう関係してくるの? とりわけ、あたしの夢と」

　そこですじゃ、と、マエストロはまた正座した。

「大災害の後の検証で判明したことのなかに、ある——とんでもない事実がありました」

　〝ビッグ・オールド・ワン〟の運転実験。実験には被験者が必要だ。しかも、実験の内容が内容だけに、どうしたって被験者には生身の人間が必要になってくる。

「〝旧連邦〟は、そのために、囚人を選びましたのじゃ」

選びに選んだ六十人の凶悪犯を、国中の刑務所から実験場所に移送し、そこに収監していたというのである。

「検証の結果、六十人のうち十人は死亡したことがわかったのですが、残りの五十人が――」

「五十人が?」道子は訊いた。

「つまりその――」マエストロはまた小さくなった。「〝ビッグ・オールド・ワン〟は確かに暴走したのですが、実験そのものは失敗したわけではなかったのですじゃ」

「だからその五十人が?」

「ですからマダム、彼らは――」

「だからその五十人がどうしたっていうのよ?」

マエストロは頭の艶《つや》さえ失って、さらにさらに小さくなった。そして答えた。「意識だけの存在になって、〝抜け穴〟を通り、マダムたちの世界に脱走したのですじゃ」

5

ちょっとのあいだ、沈黙が落ちた。誰も動かない。やわらかな霧だけが、ゆっくりと〝バケツ〟の周囲を流れている。

「あたしたちの世界に?」と、道子は呟いた。

「はい」

「そうなんだよ」

と、マエストロと少年は答えた。

「凶悪犯ばっかり?」

「はい」

「五十人も?」

「まことに申し訳ない」マエストロは首を縮め、大きな身体を小さくした。「しかし今現在では、まるまる五十人が逃亡しておるわけではありませんですじゃ。十二年のあいだに、わしらが半数ほどを捕獲し連れ戻しましたのでな。残りは半分——」

十二年かけて、やっと半数を捕まえただけなのか。無理もないのか、頼りないのか。なにしろあまりに突飛な話で、すぐには判断がつかない。

道子は目を細めた。「どんなことした連中なの？」

「それはもう、マダムの語彙《ごい》では説明しきれないようなことを山ほど」

また沈黙が落ちた。ややあって、道子は唸《うな》った。

「なんてことしてくれるのよ！」

「ですから本当に申し訳ないと」

ちんまりと正座して恐縮しているマエストロと、

(俺は知らねえよ）とばかりにハチマキをほどいて締め直している少年の顔をながめて、道子ははっと気がついた。

「その脱走犯たちは、意識だけの存在だって言ったわよね？」

「左様です」

ピン！ と音をたてて話が嚙《か》み合うじゃないか。

「わかったわよ——だから〝夢〟なのね？」

マエストロは拍手した。「そうです！ マダムは本当に頭がよろしいですな！」

「こういうのは頭がいいっていうんじゃないのよ。暮らしの役には立たない作り話になじんでるってだけのことよ」

言いながら、自分で笑ってしまった。だって、笑うしかないじゃない。

「連中は意識だけの存在ですからな、マダムたちの世界に逃げ込んでも、そのままでは通りを歩き回ることはできませんですじゃ。ですから連中は、マダムたちの世界の人びとの、夢から夢を渡り歩く。そうやって、肉体を乗っ取ることができそうな、か弱い個体を探し回るのです」

「か弱い個体——」

「老人、子供、病人。または何かで悩み、意識つまり心が疲れている人びとです」

　道子は手で頬を押さえた。「大変だわ」

「そして、適切な個体を見つけると、そこに根をおろし、元の持ち主の意識を封殺してしまいますじゃ。マダムの世界の人たちは、〝人が変わる〟という言葉を使いますな？　〝狂気に陥る〟という言葉も使いますな？」

「〝グレる〟とも言うわ」道子は銃座の少年を指さした。「あんたみたいになることよ」

「うるせえな、オバサン」少年は舌打ちした。「言っとくけど、あんたらの世界で〝人が変わった〟みたいになっちまう人間の、全部が全部俺らの脱走犯に乗っ取られてるわけじゃないんだからな。連中の数は限られてるんだから」

　それはまあ、単純な算数の問題としてそうだろう。

「厄介なことに、わしらの側が脱走犯たちをキャッチできるのは、彼らがマダムたちの世界の人びとの夢から夢へ移動しているときだけなのです」と、マエストロが言った。「連中がひとところに落ち着いて、元の持ち主の身体を乗っ取ってしまうと、わしらは手も足も出ません。そもそもそこへジャック・インすることが難しいですし、首尾よく入り込んだとしても、それはいわば、自分から罠《わな》のなかに飛び込むようなものですじゃ。危険すぎます。しかし、移動しているときならば、乗っ取られる前の元の持ち主の意識を通って、連中を追うことができる。わしらが今、ここでこうしているように」

　道子はマエストロの説明を、じっくりと咀嚼《そしゃく》してみた。ふと気がつくと、真由は道子の膝にもたれて居眠りをしていた。夢のなかの居眠り。なんだか可笑《おか》しい。でも、寝顔の可愛らしさに変わりはなかった。

　そうだ、真由がいる。あたしの命はあたしだけのものじゃない。真由を守るために、あたしは逃げるわけにはいかないのだ。

ぐっと奥歯を嚙みしめて、道子は言った。

「あの怪物がここにいるってことは、あいつはあたしを乗っ取ろうとしてるのね？」

マエストロは真顔でうなずいた。「そうですじゃ、マダム」

「どうしてあたしが目をつけられたのかしら？　あたし、そんなに弱ってる？」

返事はなかったが、もともと道子は自分自身に問いかけたのだった。弱っているかもしれない。寂しさと猜疑《さいぎ》心で。自分で気がついている以上に、それは根深いものであるかもしれない。

「奴の個体識別はついてる」と、少年が妙に凜《りん》とした口調になって言った。「通称〝ジュリンカー〟。殺した被害者の頭を縮めてとっておく趣味のあった連続殺人者で、女性や子供ばっかり十四人も殺してる野郎だよ」

「十四人も？　あんたたちの〝旧連邦〟とやらの警察は何やってたのよ？」

「知らねえよ。俺なんかそのころは生まれてねえもん」

背中を寒気が走る。道子はやみくもに喧嘩腰になった。「そんな奴がどうしてあたしに？　あたしより、もっと弱ってる人だっているんじゃないの？　ひどいわよ」

なだめるように、マエストロが道子の肩に手を乗せた。「肉体という器を求めて彷徨《さまよ》う脱走犯たちの意識も、基本的なところではわしらと同じですじゃ。何の手がかりもないところには行かない。いわゆる──何と言うんですかな、マダムたちの言葉では──心当たりのある場所のことを」

しばらく一緒になって考えたが、道子のうわずった頭では、何も思いつかなかった。

「まあ、土地鑑ってヤツかな」と、少年が首をひねりながら言った。「そう、オバサンの夢のなかは、シュリンカーからすると、土地鑑がある場所なんだよ。なんでかって言ったら、オバサンは一度あいつを見てるからね。そしてそのことをよく覚えてる」

「あたしは誰も見てなんかいないわよ。凶悪犯なんて！」

「見てるさ。シロタさんの火事だよ。焼け落ちる家のなかで踊ってた黒い人影だ」

道子は声もなく、片手を口にあてて目を見張った。

「その人影は、シュリンカーに意識を乗っ取られた、シロタさんの爺《じい》さんだ。シュリンカーに操られて、家に火を放って家族を焼き殺した」

背中を伝う冷たい一筋の汗とともに、道子は思い出した。シロタさんの舅さんは、認知症を発症していた――

心が弱っていた。病人だった。

「夢のなかには、そもそも〝時間〟というものが存在しませんからな」と、マエストロが言った。「昨日のことも、二十年前のことも、同じように登場する。シュリンカーはシロタさんのお爺さんに乗り移って放火させ、お爺さんの肉体も葬ると、そこから他の人の意識のなかに移動し、さらにそこからまた移動するために、夢をたどってマダムに行き着いたのかもしれません。あるいは、シロタさんのお爺さんの肉体が死んだその時点から未来に飛んで、直《じか》にマダムのところに来たのかも知れない。そればかりは、本人を捕まえて吐かせねばわかりませんですじゃが」

そんなの、どっちだってかまわない。道子から見れば同じことだ。真由の髪を撫でながら、不覚にも泣き声を出してしまった。

「どうしたらいいの？　どうしたらそいつを捕まえられるの？」

ちらっと視線をあわせて譲り合ってから、マエストロが口を開いた。

「マダム。マダムはシュリンカーの引き起こしたシロタさんの火事に関連して、マダム自身は忘れているが、脳のなかにはちゃんとしまいこまれている、ある記憶をお持ちのはずですじゃ。ごく小さな事だろうと思われます。それが鍵になっておる。奴はそれを――いわば足がかりにして、マダムのなかに入り込んでいるのだから」

「当時のことを思い出してみてくれよ。できるだけ詳しく」

　銃座から立ちあがりながら、少年は言った。両手を腰にあてて、さっきと同じ、妙に精悍《せいかん》な顔になっている。

「その〝何か〟がわかれば、それを回収することで、奴を捕まえられる。俺たちだけじゃダメなんだ。オバサン、頼むよ」

　そんなこと言われたって――

「それがわかるまでは、とにかく俺たち、マメにジャック・インして、オバサンをガードするから。でもオバサンも、できるだけ夢を見ないように眠ってくれると助かるな」

「むちゃ言わないでよ」

　元気なく言い返して、しかし道子は凍りついた。

真由は？　真由はどうなるのだ？

「この子はあたしの夢のなかにいる。それだけじゃない、この子の夢のなかにもシュリンカーの怪物が出てきてるのよ。どうしたらいいの？　真由をどうやって守るの？」

「それなら心配ないよ。おチビがシュリンカーの夢を見るのは、単におばさんの意識に共鳴してるからだ。子供が小さいうちは、親子のあいだじゃよくそういうことが起こるんだよ」

「マダムの夢のなかのシュリンカーを捕まえれば、嬢ちゃんは大丈夫ですじゃ」と、マエストロも請け合った。

わかったわ、やってみる。昔のことを思い出して、調べられることは調べてみる。道子としたら、そう約束するしかなかった。

「頼んだぜ」

そう言って、少年とマエストロは〝バケッツ〟の昇降口に向かった。

「俺らが離陸したら、オバサンとおチビは自然に目が覚める。心配しなくていいよ」

「ね、ちょっと待ってよ」道子はあわてて彼らを引き留めた。「で、結局あなたたちは何者なの？　その〝新連邦〟とやらの警官とか、軍人かなんか？」

少年はぷっと吹き出した。マエストロは、またぞろバツが悪そうに手で頭をつるつるした。

「わしらは民間人ですじゃ、マダム」

「いわゆる〝賞金稼ぎ〟ってやつだよ、オバサン」

賞金稼ぎって――それじゃまた西部劇みたいじゃないか。

「〝新連邦〟は人材不足でさ。脱走犯たちを捕まえるところまで手が回らねえんだ。で、連中に賞金かけてるわけ」

「しかしわしらも、まったくの一匹オオカミというわけではないですじゃ。賞金稼ぎには賞金稼ぎの団体がございましてな。自然発生的にできた団体ですが、わしらはそれを〝ロッジ〟と呼んどります。〝ロッジ〟の発行するライセンスがなくては、ちゃんとした賞金稼ぎとは言えません」

ちゃんとした賞金稼ぎって、愛国心溢《あふ》れる傭兵《ようへい》というのと同じくらい矛盾した言葉だと思うけれど、道子は黙っていた。すっかりくたびれてしまっていたのだ。

そんな道子を見おろして、少年はちょっと両手を広げた。

「でもさ、オバサン。そっちの世界でもそうだろうけど、役人よりは民間人の方が頼りになることって、多いぜ。なんせ、こっちはモロに生活かかってるからさ、真剣さの度合いが違うってもんよ」

だといいんだけど。

「マダムはお疲れのようですじゃ。それではとりあえず、今夜はこのへんで失礼することにいたしましょう」

「そうだね。ンじゃ、またな、オバサン」

気楽な挨拶《あいさつ》を残して、二人は〝バケツ〟に乗り込んだ。道子は、存在だけで人をバカにしたみたいなこの乗り物が、やっぱり人をバカにしたみたいなゆゆゆゆゆゆゆゆんという音をたてて飛び立ち、白い霧の向こうに消えてゆき、やがて視界が閉ざされ、夢のなかのヘリポートで気持ちよく眠ってしまうまで、真由を抱いたまま、ぺたんと座りこんでいた。

6

翌朝、目が覚めるとすぐに、道子は隣の布団に寝ている真由を揺り起こした。真由は目をこすりながら起きあがると、

「あ、ママ！」と大きな声で言った。「ママも会ったでしょ、あのお兄ちゃん！」

二人は興奮して話し合い、互いの見た夢の細部まで一致していることを確かめあった。しゃべればしゃべるほど道子の不安は増すばかりだったけれど、真由はちょっと違った。何やら楽しそうなのだ。

「ママ、大丈夫よ。あの小父《おじ》さんとお兄ちゃんの言うとおりにしたら、怪物をやっつけられるわよ。真由も手伝うから。ね？」

この子、けっこう勝ち気だったんだわと、道子は静かに驚いた。ただおとなしいだけじゃない。やっ

ぱり、あたしの娘だ。

一時間遅れで登校する真由を送っていった後、道子は電車に乗って、子供時代を過ごした町まで出かけた。ところが、着いてみるとすぐに、町の様子が昔とはまったく変わっていることに気がついた。道子たちが暮らした公営住宅はすでに建て替えられており、当時とは建物の向きも配置も違ってしまっている。シロタさんの家が焼けた後に建った家もすでに失《な》く、だいたいこのあたりかと見当をつけた場所には、狭い駐車場とコンビニが在るだけだった。

——マダムはシュリンカーの引き起こしたシロタさんの火事に関連して、マダム自身は忘れているが、脳のなかにはちゃんとしまいこまれている、ある記憶をお持ちのはずですじゃ。

マエストロはそう言っていた。道子がそれを思い出すことさえできれば、シュリンカーとやらを捕まえることができると。

でも、脳のなかにしまいこまれている記憶を呼び出すなんて、どうやったらいいんだ？

（催眠療法でも受けろっていうの？）

道子は首をふりふりまた電車に乗り込み、家の近所の薬局に寄って、ちょっと寝付きがよくないのだけど、入眠剤みたいなものはないかと尋ねた。薬剤師は、医師の処方箋《しょほうせん》がないと入眠剤は出せないけれど、イライラした気持ちを鎮めて寝付きを良くするという程度のものならば、売薬でも良いものがありますと薦めてくれた。

「これ、子供にも飲ませられます？」

薬剤師は困ったような顔で笑った。

「お子さんでしたら、牛乳を温めて飲ませた方が、薬よりもずっとよく効きますよ」

その夜は、道子はまず真由が眠るのを見届けてから、買った薬を半分だけ飲んで、布団にもぐりこんだ。薬は全然効かなくて、一時間おきぐらいに、しょっちゅう目が覚めた。真由はぐっすり眠っていた。

夜明け前に起き出して、真由が起きるとすぐに、夢を見た？　と尋ねた。

「ゆうべは見なかった。ツマンナイ」と、真由は本当に残念そうに言った。「ママは？」

「ママも見なかったわ。二人とも、前の晩にすごい夢を見たから、昨夜《ゆうべ》は頭が休んでたのかもしれないね」

昼すぎ、家事が一段落したところで、キッチンのテーブルに突っ伏して居眠りしていたら、実家の母から電話がかかってきた。

「あら嫌だ、寝ぼけたみたいな声を出して。昼寝してたの？」

「うん、ちょっとね」

「明後日の土曜日は、クリスマス・イブよねえ」

言われてみればそうだった。真由へのプレゼントは、先週のうちにこっそり買って、押入に隠してある。大きなクマのぬいぐるみだ。

「定之さん、帰れるんでしょ？」

「それが、会議があってダメなんだって」

「会議って、あんた——」

母はちょっと黙ってから、声を低くした。

「会社の皆さんだって、クリスマス・イブは休みたいでしょうに。本当に会議なんてやるの？　確かめてみた？」

あっさりと言ってくれるものだが、その程度の猜疑心なら、道子だって持っている。おっしゃるとおり、これは大いに疑ってかかる余地のある言い訳だ。でも、今はそれどころじゃないのよ。そもそもそういう猜疑心を抱いたからこんなことになっちゃってるらしいのだし、でもその猜疑心の原因は定之にあるんだから、あたし一人が悪いんじゃないとも思うけど、でもやっぱり今はそれどころじゃないのよ、母さん。

それにしたって、真由と二人きり、こんな状態で家にいてクリスマス・イブを過ごすのは良くないな——と、ふと思った。父や母や兄に聞いてみれば、昔のことを思い出すヒントが見つかるかもしれないし。

「ねえ、母さん。明後日、あたしと真由で、そっちに泊まりに行ってもいい？」

「そりゃいいけど——」

「一緒にケーキを食べましょうよ。建て替え前に、あたしも自分をお嫁に出してくれた家で過ごしたいわ。母さんが言ってた、納戸の整理も手伝えるし」

幸い、今度の土曜日は学校も休みだ。朝から真由を連れて出発することができる。道子は話を決めて、電話を切った。母の「たくさんご馳走《ちそう》をつくっておくからね」という嬉しげな声に、少しだけ慰められた気がした。

帰ってきた真由にその計画を話すと、てっきり「パパをおいてきぼりにしていくの？」と渋るだろうとばかり思っていたのに、案に相違して、彼女はぴょんと飛びあがって賛成した。

「ママ、見つけに行くんだね？　ママの思い出を」

「うん。おばあちゃんたちにも、いろいろ聞いてみようと思って」

「真由も手伝うよ。きっとできるよ、ママ」

真由は体育の授業でたくさん走ったとかで、夕食が済むとすぐに目をこすり始め、風呂からあがるとすでに半分居眠りをしているような状態だった。

身体が疲れているのなら、夢を見る可能性も少ないだろう。道子は少しほっとして真由を寝かしつけ、自分も横になった。薬は飲まなかった。今夜はもう一度、マエストロとあの生意気な少年に会っておいた方がいい。明後日は実家で泊まるのだ。道子のいる場所が変わると、彼らのジャックイン・ポイントも変わるなんてことがあったら困るじゃないか。ちゃんと訊いておいた方がいい。

念が通じたのか、道子は首尾よく夢を見た。

また、あの場所にいた。見渡す限りの焼け跡だ。慎重に周囲を見回し、ちょっとでも動くものはないか、あの怪物はいないか——と様子をうかがってから、そろそろと歩き出した。用心深く声をひそめて真由を呼んでみたが、返事はない。今夜は彼女の眠りが深く、共鳴しないで済んでいるようだ。

忍び足で瓦礫を踏んで進んでいくと、シロタさんの真っ黒になったモルタル壁の陰に、あの赤いハチマキが見えた。今日は彼らの方が先回りしていたらしい。ほっとして、道子は早足になった。

少年は、しゃがんで何か地面を調べているようだ。この前と同じ格好だが、今夜は腰のベルトにロープをたばさんでいる。ホントにカウボーイもどきだ。

「どうだい、オバサン?」

道子の足音を聞きつけたのか、こちらに背中を向けたまま、少年は声をかけてきた。

「どうもこうもないわよ」

「だろうなぁ」立ちあがり、両手をぱんぱんとはたくと、少年はニヤリとした。「おチビは寝てるみたいだね」

「怪物は?」と、道子は訊いた。背後が気になって、ついソワソワしてしまう。「見かけた?」

「全然。シュリンカーの方も、俺たちがジャック・インしてることに気づいてるんだよ。どっかに身をひそめて、こっちの出方をうかがってるんだろうな」

「あなたたちが追いかけてることに気づいたなら、逃げ出してしまわない?」

「いンや、それはないね」

道子としては、かすかな希望を込めて問いかけたのだが、少年はきっぱりと否定してくれた。

「オバサンがシュリンカーの存在を認めてくれたか

ら、こっちでフィールドを固定することができたからね。ヤツはもう、自力ではオバサンの夢のなかから出られない。オバサンを乗っ取らない限り、どこにも行けない」

「あら、そうなの……」

フィールドとやらを固定しないで、シュリンカーが何処《どこ》なりと好きな場所へ逃げられるようにしておいてくれたって、あたしはいっこうにかまわなかったのにと、内心思った。

落胆しつつ、道子は明後日の予定を話した。

「オバサンの本体――というかオバサンの身体がどこにあっても、俺らのジャック・インには影響ないよ」

そう言って、少年はハチマキを締め直した。どうやら、クセであるようだ。

「でもなぁ、そんな質問してくるなんて、何だよオバサン、まだ俺らのことを理解してねえんだな」

「悪かったわね。どうせあたしはバカですよ」

初対面のとき、「記憶力が悪い、学校の成績が悪かったろう」と言われたことを、道子は忘れていない。

両手を腰にあてると、わざとそっくりかえって少年をにらんだ。

「あたし、あんたの親の顔を見てみたいわ。目上の人間に対しては、もうちょっとちゃんとした口のきかたをするものよ。躾《しつけ》がなってないわよ、躾が」

少年はブラブラと焼け跡を検分しながら、

「そうかい？　じゃ、俺も親を見つけたら文句言うようにするよ。もっとも、おふくろだけだけど。親父は死んじまったから」

さらりと言った。道子はそっくりかえるのをやめた。

「あなたのお父さん、亡くなったの？」

「うん」

「いつ?」

「〝ビッグ・オールド・ワン〟が暴走したときさ。あの施設のなかにいたからね」

「もしかして研究者だったとか――」

「違う、違う」少年は手をひらひらさせた。「俺の親父はコックだったんだ。昔は別の町で飯屋をやってたんだけど、施設の食堂で人を募集してたから、応募して採用されて」

「そうだったの。お気の毒に」道子は声の調子をゆるめた。「嫌なこと思い出させてごめんなさい。研究者だったなら仕方がないけれど、そうじゃなかったなら、本当に災難だったわね。そこで働いてさえいなければ――」

「しょうがないやね。自分で望んだんだから。おふくろのそばにいたかったんだろ」

少年は焼け落ちた家のなかの瓦礫をひっくり返している。道子は自分もそうしようかと思って動き出して――何か手がかりが見つかるかもしれないし――はたと動きを止めた。

あの子、今なんて言った?

(おふくろのそばにいたかったんだろ)

その前には、こう言ってなかったか?

(親を見つけたら文句言うようにするよ)

あの子の父親は、あの子の母親のそばにいたくて、〝ビッグ・オールド・ワン〟の研究施設のなかにいた。そして事故に遭った。そして母親は――見つけたらと言っている以上、今は所在不明なのだ。

つまり――

「ねえ、あなた」胸がドキドキする。これは訊いてはいけない質問のような気もするが、黙って勘ぐるのはもっといけないと思う。

「あなたのお母さん、もしかして――」

少年は、真っ黒に焦げてひっくり返っていたテーブルをえいやと引き起こし、道子の方を見ると、うなずいた。

「そうだよ。俺のおふくろも、問題の囚人の一人でさ、脱走した五十人のなかに混じってんだ。今はどこにいるんだかね。ったく、手間かけさせやがってよ」

腰が砕けそうになって、道子は焼けた壁に手をついた。

「あなた——それ、大変なことじゃない」

少年は指でほりほりと頬をかいている。

「ま、個人的にはな。でもオバサンが青くなることねえじゃん」

「だってあなた、じ、じ、じ、自分のお母さんが、き、き、き」

「凶悪犯」と、少年は言った。「しょうがねえよな。どバカな女だったんじゃねえの？　親父も輪をかけてバカでお人好しだったから、おまえの母さんは悪くない、ずるい男に騙《だま》されたんだ、見捨てちゃ可哀想だぞなんて、しょっちゅう俺に言ってたけどな」

二の句が継げなくなって、道子は両手で顔をこすった。少年が笑い出した。

「オバサン、自分が何やってるかわかってるか？　顔、真っ黒だぜ」

道子は自分の手を見おろした。イカスミのパスタを手で混ぜたみたいなことになっている。

「あら、本当」

「ま、ここには鏡がねえからいいけどさ」

がしゃがしゃと瓦礫を踏み鳴らして、少年は焼け落ちた家を出ていった。隣に行こうと向かいへ行こうと同じ家が並んでいるだけなのだが、道を横切ってゆく。

道子も彼を追って外へ出た。心臓が、どきんどきんと震えている。同情も——もちろん感じる。なにしろ相手はまだ子供だ。道子から見たら、真由とそうたいして変わらない。でも、怖いような気もする。

凶悪犯の子供で、賞金稼ぎ？　自分の母親を捕らえるのも仕事のうち？　捕らえて当局に突き出して、それで賞金をもらうの？

良いのか悪いのか。信頼できるのかできないのか。

間近でうゆゆゆゆゆゆゆんという音がしたので、目をあげた。どろんとした灰色の空に向かって、支えるべき屋根を失った黒焦げの柱が数本、空《むな》しく突き出ている。そのすぐ上を、あの〝バケツ〟――バレンシップだっけ――が、フラフラと横切っていった。

「鍵になる記憶が見つかれば――」

突然、背後から声が降ってきた。振り返ると、向かいのシロタさんの焼け跡の、かろうじて残った二階の梁《はり》に、少年が立っていた。胸の前で腕を組んで、何かに狙いをつけているみたいに目を細くしている。

「このフィールドのどこかに、その鍵に対応する〝場〟が出現するんだ。そしたら、シュリンカーも必ずそこに出る。頼んだよ、オバサン」

相手の真剣さに押されて、道子は一瞬、ひたと彼の顔を見つめた。ちょっとヒネてはいるが、そこそこ整った目鼻立ちだ。

でも、あの前髪は長すぎるわね、あたしが親ならカットしてやるところだわ。さもなきゃ、お尻を叩いて床屋に行かせるわ。

「わかった」と、応じたあと、自分でも驚いたけれど、吹き出してしまった。

「何だよぉ？」

「だって、あんたの顔も真っ黒よ」

焼け跡の一角に、ゆゆゆゆんと、バレンシップが着陸した。白い霧が道子の頬に触った。夢から覚める時間が来たようだ。よかった、とりあえず笑っていられて――と、道子は考えていた。

7

父も母も、道子というよりは真由の到着を待ちかねていたようだった。リビングのテレビの脇に、急いで買ってきたのだろう、大きなクリスマス・ツリーが据えてあるが、いかにも大あわてで飾りつけましたという感じで、てっぺんの星が曲がっている。

「プレゼントは、一緒に買いに行こうね、真由ちゃん。おじいちゃんおばあちゃんだけじゃ、何にしたらいいか思いつかなかったの」

皆で買物に行ったり、見よう見まねでケーキを焼いたり、新しい家の設計図を見たり、大忙しだった。それでも道子は機会をとらえて、父母の思い出話を引き出そうと試みた。

残念ながら、二人とも孫のことで夢中になっていて、はかばかしい収穫はない。なんでまたそんな昔のことばっかり訊くのかと、逆に問い返されて、道子は笑ってごまかした。

二人で台所に立つと、それを待っていたかのように、母が尋ねた。「定之さんから連絡はあった？」

「ないわよ」

「ないわよって、あんた、本当に平気なの？」

「平気なのかって——つまり、あの人に女がいるんじゃないかって、母さんは疑ってるの？」

率直な言葉に、母は大いにうろたえた。

「そんなわけじゃないけど——クリスマスに会議なんてねえ」

「あたしもそう思うわよ。でも、会社がホントに大変なんだったら、クリスマスもお正月もないんでしょうよ」

「それはそうだけど、ねえ」母は、リビングで真由と遊んでいる父の方を、ちらりと見た。「あたしたちの時代には、どんなに仕事が忙しくても、みんなひとつ屋根の下にいたものよ。旦那さまが家から離れて一人で暮らすなんてことは、考えられなかったからね。そんなの、船乗りぐらいでしょう。だから船乗りは――」

「港みなとに女あり、ってね」道子は笑ってみせた。「母さんはそういう古い言い回しが好きよね」

「古い人間だからね」思いのほか真顔で、母はうなずいた。「余計なお世話だと思うけど、母さん、心配なのよ」

「わかってるわ。ありがとう」

夕食時になって、兄がちらっと顔を出した。

「道子たちが来るって聞いたからさ。ちょっと寄ってみたんだ。これ、真由にな」

玄関先で、コートもとらずにクリスマスケーキの箱を差し出した。

「品子さんたちは来ないの？」

兄は道子だけに小声でささやいた。「来るわけねえだろ。今夜は、一家水入らずの最後のクリスマスだなんて言ってるんだから」

「同居するわけじゃないのよ。二世帯住宅なんだから。大げさね」

「だったらおまえたちが住んでみろよ。定之君が転勤続きじゃなかったら、俺は本当にそうしてもらいたかったんだからな」

兄嫁に、早く帰ってこいと釘をさされているのだろう、そそくさと立ち去ろうとする兄を、道子は引き留めた。

「ねえ、兄さん。昔、団地にいたころ、近所で火事があったことを覚えてる？」

「あん？　何だそりゃ」

シロタさんについては、兄はほとんど何も覚えていなかった。昼間は外で遊んでばかりいたから、シロタさんの小母さんが保険の売り込みに来ていたことにも気づかなかったらしい。

「火事の翌朝、朝礼で黙禱《もくとう》したことも覚えてない？　あたしたちと同学年の子じゃなかったけど、シロタさんの子供さんが二人、その火事で焼け死んでるのよ」

「どうだったかなぁ。朝礼かぁ」

兄はひとしきり首をひねり、

「団地にいたころのことで、俺が覚えてることといったら、捨て猫を拾ってきて飼いたいって頑張って、親父にえらく怒鳴られたことぐらいだよ。おまえはあの時いくつだったかな。わんわん泣いてさ。二人で、また一緒に捨てに行ったんだ」

それについては、道子の方が覚えていなかった。よほど小さな時のことだったのだろう。「兄さん、猫を飼いたかったの……」

猫なら道子も好きだ。そうだ、何度か母にねだって、そのたびに駄目だと叱られた。団地ではペットは飼っちゃいけないの。飼ってるうちだってあるじゃない。いけません、だってあれは規則違反なのよ――

「猫――」

スリッパ履きで玄関に立ったまま、道子は呟いた。

「俺はどっちかっていうと犬の方が好きだったけど、とにかく動物なら何でもよかったんだよ。そういう年頃ってあるだろ？」

「シロタさんの家にも、猫がいたわ――」

「それはどうか知らんが」

兄が帰ったあとも、食事をしながらも、道子はずっと、頭の片隅で考えていた。そうだ、シロタさんの家の屋根に、よく赤トラの猫がいた。とても可愛かった。ベランダから見て、いいなぁって思ってた。だからシロタさんの小母さんが来たときに、ネコちゃん可愛いですねって言ったら、あれはうちの猫じゃない、野良猫だって――早くどこかへうっちゃってしまわないといけないって――

「道子、何ぼうっとしてるのよ」

「ああ、ごめんなさい」

八時から、テレビのクリスマス・イブ特別番組で、ディズニー映画が始まった。真由が夢中でそれを見始めたので、道子は母親に声をかけた。

「母さん、ちょっと納戸を調べようよ」

「今？　明日だっていいじゃないの」

「明日だと、帰り支度があってバタバタするじゃない」

アルバムや昔の品物を見れば、もっと何か思い出すかもしれないと思ったのだ。

「あんたもせっかちねえ。子供のころと、変わらないわね」

苦笑いする母に手伝ってもらって、段ボール箱や茶箱を開けたり、アルバムを開いてセピア色の写真をながめたり、古着を出して身体にあててみたり、さまざまなことをやってみた。

「わあ、懐かしいわね」

誰かに箱根のお土産としてもらったのだろう、十センチ四方の寄せ木細工の木箱が出てきた。なかには、道子が少女のころに大流行したリリアン編みのセットが入っていた。編みかけてそのままになっているものや、編みあげてブレスレットみたいに輪にしたもの。糸の色も褪《あ》せているが、針や道具はまだ使えそうだ。

「これ、もらっていってもいい？　真由が興味を持つかもしれないし」

「いいわよ。今は、リリアン編みの道具なんて、お店に置いてないからねえ」

昔話に花が咲いたが、しかし、シロタさんがらみでは、これという収穫はなかった。万が一を頼んで、シロタさんの小母さんの写真が残ってないかと尋ねてみたが、母に怪訝《けげん》な顔をされただけだった。

真由と二人で風呂に入り、

「ママはお嫁に行く前の晩に、このお風呂で髪を洗ったのよ。真由ちゃんはうちで髪を洗うんだね」

「真由はお嫁になんかいかないもん」

「あら、そうなの?」

「うん。ずっとパパとママといるの」

客用の座敷に並べて敷いてもらった布団にもぐりこむころには、道子はなかば諦めかけていた。そう簡単に、思い出がよみがえるものではない。家族のことだって難しいのに、しかもこれは他人のことだ。なおさらだろう。「ねえママ、何かわかった?」

上掛けを目の下まで引きあげながら、真由がささやいた。

「ううん、上手《うま》くいかないわ」

「おじいちゃんは、シロタさんてうちのこと、覚えてないみたいだったよ」

「真由ちゃん、訊いてみてくれたの?」

「うん。でもおじいちゃんたら、そうかぁ、シロタさんて名前のお友達がいるのかぁ、とか言うんだもの」

道子は笑った。「最近、お耳が遠くなったからね」

「お兄ちゃんたち、がっかりしないかなぁ」

「大丈夫よ。待っててくれるわよ。さ、おやすみなさい」

まもなく、真由が寝息をたて始めた。道子は寝つかれずに、寝返りばかりをうっていたが、活動的な一日を過ごしたせいだろう、やがてとろとろとし始めて、まぶたが下がった。

実家のあるこの町は、今の道子たちの住まいがある町よりも、まだだいぶ鄙《ひな》びている。窓の外の風の音、街路樹がざわざわと鳴る音。ガラス越しに聞こえるのはそれぐらいだ。車も通らない。どこかで犬が寒そうに遠吠えしている。どこかでクリスマスソングが流れているのが、小さく、小さく聞こえてくる。

どこかの屋根の上で、猫が鳴いている。飼い猫が家に入れてと訴えているのか。野良猫が仲間を呼んでいるのか。

うつらうつらしながら、道子は――

（小母さん、あの猫、どこかへうっちゃうっちゃうの？）

（遠くに？　そしたら、どこにいるかわかんなくなっちゃうよね？）

（あたし、あの猫を）

小母さんがうっちゃっちゃったなら、内緒で拾って内緒に飼ってあげたいの。だから、小母さんとこの赤トラ猫に――

眠気で曇った意識のなかに、突然、はっきりと映像が見えた。ちょうど真由ぐらいの歳の道子自身の姿。団地の中庭で、シロタさんの小母さんを追いかけて、追いついて、息を切らして話しかけている――

（だから、小母さんとこの赤トラ猫に）

道子はがばりと起きあがった。

パジャマ姿のまま寝床から出て、納戸に向かった。いや、違う違う、納戸じゃない。さっき取り出して、リビングに持って行ったのだ。明日荷造りするとき忘れずにボストンバッグに入れようと思って。

リビングに駆け降りて明かりをつけると、それは確かにそこにあった。寄せ木細工の木箱のふたをとると、褪せたパステルカラーの糸の山が現れる。

指でさぐると、それはすぐに見つかった。黄色とピンクと淡いグリーンの糸で編みあげたリリアンを、ブレスレットのように輪にしたものだ。

しかし、これはブレスレットではない。

これは、猫の首輪にするつもりでこしらえたものなのだ。思い出した。道子は思い出した。これに小さな鈴をつけようと思っていたのだ。団地の中庭でシロタさんの小母さんを見つけて、急いで話しかけたときには、これを編んでいる最中だった。

道子は頼んだのだ。シロタさんの小母さんに。小母さんがあの猫をうっちゃってしまっても、猫がどこにいるかすぐにわかるように、すぐに見つけることができるように、あたしが編んでいるリリアンの首輪ができあがったら、小母さん、それをあの赤トラ猫の首につけてやってくれますか、と。

すると、小母さんは笑った。あまり機嫌のよさそうな笑い方ではなかった。保険の売り込みがうまくいかなかったのかもしれない。忙しかったのかもしれない。単に虫の居所がよくなかったのかもしれない。

笑いながら、邪険に言った。「他所《よそ》のうちの猫に首輪をつけようとするなんて、あんた、何を考えてるの？　図々《ずうずう》しい子だね！」

そして、道子を置き去りにとっとと行ってしまったのだ。道子は悲しくて、小母さんの意地悪に傷ついて、ほとんど泣きそうになったのだった。だって小母さん、言ったじゃない。あれはうちの猫じゃないって言ったじゃない。どこかにうっちゃってしまうって言ったじゃない。だからあたし、猫が心配だから、首輪をつくってあげたかっただけなのに。

そうだ、そうだった。悲しくて、ベソをかきながら家に帰ったのだった。そしてリリアンは編み上げたし、その後も近所でシロタさんの小母さんを見かけることはあったけれど、また邪険にされるのが怖くて、近寄れなかったのだ。リリアンの首輪にも、鈴をつけることもなく、ずっとしまいこんでいたのだ。

そうこうしているうちに火事が起きて、猫はどこかに行ってしまった——

道子は首輪をひっつかんで、寝床に駆け戻った。真由が布団に起きあがり、ぱっちりと両目を見開いていた。

「ママ！」道子の顔を見て、すぐに悟ったらしい。

「ママ、思い出したの？」

「思い出した！」

道子は寝床に滑りこみ、真由にリリアンの首輪を見せた。

「たぶんこれよ。猫の首輪。ママね、シロタさんのところの猫が好きだったの」

手早く説明すると、真由は理解してくれたようだった。

「ママはとっても悲しかったから、首輪のこと忘れちゃってたのね」

「火事の後も、あっちこっち探し回ったのよ。でも、猫はどっかにいっちゃってたから」

道子は片手にリリアンの首輪を握りしめ、片手を幼い娘に差し出した。真由はしっかりとその手を握った。二人は親友同士のように固く固く手をつなぎあった。

「さあ、行こうか」

「うん！」

こんなに興奮していて眠れるかしら——という心配は無用で、まるで敵地に乗り込むように奮《ふる》い立ちながらも、二人はすぐに夢のなかに入っていった。

8

三度《みたび》、焼け跡の瓦礫の町。

焦げ臭い風が吹きすぎる。道子は真由と手をとりあって立っていた。よかった、今夜は最初から一緒にいるわ、あたしたち。

少年は、道子が思い出したものに呼応して、このフィールドに〝場〟が現れると言っていた。確かにそのとおりのようだった。

これまで、果てしなく続くシロタさんの焼け跡しかなかったこの荒涼とした風景のなかに、突然、団地の建物が一棟だけ出現していた。建物の横壁に、「B－2」の表示がある。道子たちがかつて暮らしていた公営住宅のBの二号棟。その四〇一号室が我が家だった。「あれだわ」と、道子は呟いた。

そろそろ聞き慣れてきたゆゆゆゆゆーんという音が近づいてきた。バレンシップは低空飛行で道子たちの前を横切ると、二度ほどバウンドして、よっこらしょと着地した。同時に、少年が銃座からぴょこんと飛び降りた。

「よ、オバサン。やったみたいだな」

マエストロは姿を現さず、バレンシップはそのまま飛び立った。少年が操縦席の窓の方に向かって、ちょっと手をあげた。

「マエストロは援護に回る」と、少年はてきぱき言った。「悪いけど、オバサンには俺と一緒に来てもらわないと。あの建物まで行って」と、Bの二号棟を指さすと、「その、何だ？　輪っかみたいなもんをしまっておいた場所まで、俺を案内してほしいんだ」

「わかったわ」道子は武者震いした。「ちゃんと連れてくわよ」

少年は真由を見た。「おチビはここで待ってな」

真由が道子にしがみついてきた。道子はきっぱり断った。「嫌よ。この子はあたしと一緒にいるの」

「なんでだよ？　危険だぜ？　そもそも、なんでわざわざ共鳴させて連れてきちまったんだよ？」

「いいのよ、あたしたちは親子なんだから。真由が一緒にいてくれれば、あたしは強くなれるの。真由だって、あたし一人を行かせるのが心配だから、ついてきてくれたんだわ。あたし、この子と一緒に乗り切るんだから」

「それじゃ、建物の下までだ」少年は道子に指を突きつけた。「いいな？　ここからは俺の指示に従ってもらう。そうでないと危ないから言ってるんだ。

脅しじゃないぞ」

道子はぐいとうなずいた。少年はまだ何か言い足りなそうに口を尖《とが》らせたが、ふっと鼻から息を吐くと、ちょっと肩を揺すって背を向けた。

そのとき、道子は気づいた。この子、今日は銃を持ってる。腰のベルトに、縄や工具みたいなものだけではなく、ホルスターをつけているのだ。今は銃把《グリップ》の部分しかのぞいていないが、それは道子が今まで見たことのある映画のなかに出てきたどんな銃よりもスリムな形をしていて、ピカピカと銀色に光っていた。

「よし、行くぞ」

少年を先頭に、三人は、瓦礫の陰に隠れるように、ゆっくりと進んでいった。Ｂの二号棟のすぐ手前まで来ると、少年は手ぶりで道子と真由にしゃがむように指示し、自分は瓦礫のなかのモルタル壁の残骸にぴったりと背をつけて、ずらりと並んだ二号棟の窓を仰いだ。「オバサン家《ち》は？」

「四〇一よ。あの窓」道子は指さした。

「四階まであがる階段は？」

「建物の両端にひとつずつあるわ」

「部屋の間取りは？　こいつで、地面に描いてくれ」

少年は腰にさげた工具からひとつを選び出すと、それを道子に渡した。短めのアイスピックみたいなものだった。

「正確に覚えてるかどうか怪しいけど……」

「覚えてる限りでいい」

入口がこっちで、ここが台所で、ここが六畳でここがお風呂で――道子は地面にガリガリと図を描いた。

「あたしと兄の部屋はここ」

入口のすぐ脇の四畳半だ。

「狭くて喧嘩ばっかりしてたから、途中から別々になったんだけど、あのころはまだこの部屋を一緒に使ってた」

少年はしゃがんで図を見た。「その部屋に窓はあるかい？」

「あるけど小さい窓よ。額縁ぐらい——って言って、わかる？」

道子は手で大きさを示した。

「人間は通り抜けられないわ」

「シュリンカーは人間じゃない」少年は冷静に言った。「どこだって通り抜けるし、一瞬で移動する」

道子はじんわりと冷汗をかいた。そうなの？　やっぱり真由を連れてきたのはまずかった？　あたし、浅はかだった？

「ね、あたしもこれを持っていていい？」

と、アイスピックみたいな工具を示した。

「駄目だ。転んで自分を刺すのがオチだからな」

少年はあっさりとアイスピックをひったくると、腰のベルトに納めた。

「よし、おチビはここに隠れてろ。ここの陰に。しゃがんで、手で頭を抱えて、できるだけ小さくなるんだぞ」

少年が真由の手をとってそうさせようとするので、道子は思わず振り払った。

「言葉で言えば、この子にはわかるわよ。できるよね、真由ちゃん？」

真由の肩に触れると、少し震えていた。ああ、どうしよう、ママが悪かった。一時の勢いだけであなたを巻き込んでしまって、ごめんね、ごめんね。

「ママ、一人で行くの？」

「このお兄ちゃんがついてるから大丈夫よ。真由ちゃんだってそう言ってたじゃない」

笑おうとするのだが、どうしても顔が引きつる。

「いいか、おチビ」

少年はぐいとしゃがんで真由に顔をくっつけると、

厳しい口調で言った。

「この兄ちゃんの顔と声を覚えてるよな？　よく見ろよ。な？　この顔が戻ってきて、おチビに、この声で、もういいよって言うまでは、誰が来て何を言っても聞くんじゃないぞ。こういうふうに——」

　と、自分でもやってみせて、

「目をつぶって、手で顔を覆って、下を向いてるんだ。小石みたいにちっちゃくなってるんだ。やってみな」

「子供に乱暴しない——」

「やってみな、ほら」

　真由は血の気の失《う》せた顔で、指示されたとおりにした。少年は厳しい目でそれを検分し、

「よし、よくできた。そしたらな、おチビ。何か歌をうたいな。好きな歌でいいから。何かないか」

　さすがに、道子はキレそうになった。「黙って聞いてりゃ、あんたこの子に何をさせるのよ！」

「俺はさっき、ここからは俺の指示に従ってもらうって言ったぞ」

　きっとばかりに道子に向けられた視線は、怖いほどに真剣だった。

「おチビに、なんかうたう歌を考えてやってくれ。あんた母親なら、思いつくだろ？　そうしないと、あんただけじゃなくおチビも危ないんだ」

　道子は怒りと恐ろしさで自分も泣きそうになっていることに気づいたが、何とか持ちこたえた。かがんで真由の肩を抱きながら、

「真由ちゃん、ポケモンの歌をうたおうか」

　真由は震えながらうなずいた。「うん」

「長い歌か？」

「そうよ。長い方がいいの？」

「できるだけ。一曲終わったら、繰り返して歌うんだ。そうすりゃ、何も考えないから」

　道子はそれを、できるだけ優しく真由に言い聞か

せた。

「うん」と答える真由の声には、涙が混じっていた。歌い始めると、本当に泣いていた。

「オバサン、行くぞ」

少年は道子を引っ立てて、Bの二号棟の階段へと向かった。道子はその手を振り払った。「あんたっていったい何なの？　どうして子供にあんなに辛く当たるのよ！」

「興奮するのは勝手だけど、自分でまいた種だぜ」

「それだってあんまり――」

「走れ！」

どんと突き飛ばされて、道子は駆け出した。二号棟のコンクリートの外階段の下に、転ぶようにして到着した。

「いったい――全体――なんであたしがこんな目に――」

はあはあ息を切らしながら、階段の脇に立って周囲を警戒している少年をにらみつけていると、視界の隅に、つと黒いものが横切るのを感じた。ぎょっとして首を巡らすと、長々と続く一階の共用廊下が見渡せた。ずらりと並んだドア、ドア、ドア。懐かしくなじみ深い、団地の眺めだ。

その、真ん中のドアが、ぱたんと開いて、すぐに閉まった。黒い人影が、一瞬だけのぞいたように見えた。まるでかくれんぼうをしているみたいに。

「あんなもんに取り合うなよ」

スリムな銀色の銃を点検しながら、少年が言った。

「ただの幻だ。シュリンカーがオバサンを幻惑しようとしてるだけだ。ヤツの本体は、オバサンの思い出の鍵のなかにいるんだから」

道子は怯えながらもまだ腹を立てていたし、だから少年のことも怒らせてやりたくて、わざと皮肉な口をきいた。

「それで、シュリンカーはどんな形をして出て来るっていうの？　リリアン編みの猫の首輪の形になってるなら、捕まえることもないじゃない。拾ってほどいちゃえば、それまでよ」

　アハハと、思いのほか明るい声で少年は笑った。

「オバサンも負けん気が強いんだな。その調子で頑張ってくれよ」

「いい加減なこと言わないでよ」

　少年は壁にもたれて、階上に続く階段を見あげた。真由の歌声が、ここまで聞こえてくる。怯え泣いているせいか、歌詞も間違っているし、音程もフラついている。道子は胸が詰まった。

「真由が――どうしよう、あたしったら」

「おチビは、言いつけを守ってさえいれば無事だよ。頭いい子なんだろ？　だったら大丈夫だ」

「なんであんな残酷なことをさせるのよ！　よりによって歌をうたえなんて！」

「そうでないと何か考えちまうからだよ」

　真顔に戻って道子の方を見ると、少年は言った。

「これはすごく真面目な、大事な話だ。オバサンにとっては命に関わることなんだ。だから、ちゃんと聞いてくれよ」

　シュリンカーは、道子が心に思い浮かべたものの形で現れる――という。

「人でも、物でも、動物でも、とにかく何でも、オバサンが思い浮かべたものになって襲ってくる。だからオバサンはこれから、何も考えちゃ駄目だ。一切、何ひとつ」

「考えるなって言われたって――」

「だろ？　だから歌をうたうといいんだよ。オバサンもおチビと同じ歌をうたってみちゃどうだ？　知ってるんだろ？」

「知ってるけど」

　ポケモンの歌だ。うっかりうたって、巨大なピカチュウが出てきたらどうする？

「あたしは歌わないわ。でも、何も考えなきゃいいんでしょ？」

「難しいぜ。できるかよ？」

「やってみるわよ。要するに、『ゴーストバスターズ』と同じでしょ？　マシュマロマンを思い浮かべないようにすりゃいいんでしょ？」

「何だそりゃ？」

「いいわよ、わかんなくたって」

少年はフンと言った。「オバサン、今怖がってるだろ？　怖がってるときは、日ごろ自分が怖いと思ってるもののことを考えちまうもんなんだ。だから、なおさら注意しないといけない」

「わかったわよ。『エイリアン』も『13日の金曜日』も思い浮かべないようにするわよ。すりゃいいんでしょ！」

道子は先に立って階段をのぼり始めた。ちょっとのぼったところで気がつき、振り返った。

「真由に歌をうたえって言ったのも、シュリンカーが、あの子が怖がってるものの形をとって出てくるのを防ぐため？」

少年は道子に追いつきながら、首を振った。「ちょっと違う」

「じゃ、何よ？」

「おチビはオバサンのことを心配してるだろ？　だからさ、ママは無事だろうか、ママは大丈夫だろうかって、オバサンのことを考える可能性がいちばん高い」

道子は黙った。少年は続けた。「シュリンカーがオバサンの形で出てきておチビに近づいたら、困ったことになるだろ？」

ひと言もない。道子はうなだれて階段を三階までのぼり、そこで謝った。

「ぎゃあぎゃあ責めて、あたしが悪かったわ。あなたは真由の身の安全を考えてくれてたのよね」

「それが商売だかンね」

あっさり言い捨てて、少年は四階へあがって言った。道子はちょっと立ちすくみ、どしん！ と一度だけ足を踏みならして、彼を追いかけた。ったくもう、可愛げのないガキ！


二人が四階にあがると同時に、並んだドアが一斉に開閉した。耳がおかしくなるような音が響き、それが静まると、地上でうたっている真由の歌が、かすかだが聞こえてきた。

「四〇一は、ここだよな」

何事もなかったような顔をして、少年はいちばん端のドアの前に立った。

「オバサン、ちょっと隠れてな」

道子は言われたとおりにした。こういう突入のシーンは、刑事ドラマですっかりお馴染みになっている。きっと、パッとドアを開けて、壁に張りつくのだ。

が、少年はそろりとドアを開けると、その隙間から首をつっこんでなかをのぞきこんだ。刑事じゃなくて、これじゃ空き巣である。

「いいぜ、俺の後について来てくれよ」

ちょっとだけ拍子抜けした思いだったが、さすがに、道子ももう笑いはしなかった。ただ、金属のドアノブに触れて、その感触が記憶のなかのものとまったく違わないことに――こんな場合ではあるけれど――少しばかり感傷的な気分になった。あたしの子供時代。今よりもずっと不便で貧しかったけど、でもけっこう幸せだった。今より、万事がのんびりしていた。

狭い玄関に足を踏み入れて、いきなり傘立てにつまずいた。何と、室内には家具があった。道子の育った家のなかが、そっくりそのままそこに在った。

下駄箱の落書きは兄が描いたものだ。壁の一部がへこんでいるのは、兄妹喧嘩をしておもちゃを投げつけたときの痕跡だ。あのカーテンも覚えている。あのデコラのテーブルも覚えている。あのビニールのスリッパも覚えている。

少年は、道子と兄の部屋に足を向けた。

「もういっぺん言っとくぜ。おばさん、何も考えるなよ」

道子は小さな台所にいて、母が愛用していたガスコンロに指で触れていた。あわてて、「はい!」と返事をした。いや、こうなると何も考えずにいるというのは難しい。だって懐かしいんだもの。どうしよう――

そうだ! 九九をそらんじてみよう。道子は算数が苦手で、九九にはずいぶんと泣かされた。一緒になって勉強しながら、母の方が泣き出してしまったことがある。道子、どうして覚えられないの、九九もできないなんて、母さん恥ずかしくて死んでしまうよ――

「ここか?」

少年が指さしているのは、道子の机の引き出しだった。兄の机と背中合わせに置いてある。道子の方には、机の平らな面の上に、ピンクのゴムシートが敷いてある。

道子は思わず、ごくりと喉を鳴らしてしまった。

「そう」

答えながらも、頭のなかでは九九をそらんじていた。ロクゴさんじゅう、ロクロクさんじゅうろく。

「何番目の引き出しだ?」

「確か――いちばん下」

少年は机の脇にぴったりと張りつくと、銃を左手に持ち替え、身をかがめ、右手を伸ばし、指先で引っかけるようにして、引き出しをさっと開けた。

道子はひゅっと息を呑んだが、目は閉じなかった。あのころの宝物だった二十四色セットの色鉛筆が見える。大事にしていた押し花のしおりの束が見える。

そして、あの寄せ木細工の木箱も。

「それよ、その木箱」

ゆっくりと、ゆっくりと、少年は木箱に触れる。

「これだな?」

「間違いないわ」

「よし。これから俺が合図するから、そしたらオバサンはその場に伏せろ。何も考えちゃいけないぞ。いいな?」

「わかった」はっぱロクジュウシ。

「いち、にの、さん!」

少年が木箱のふたを開けた。道子は伏せた。古畳に顔を押しつけ、その懐かしい匂いを感じて——

静かだ。何も起こらない。

伏せたまま、道子は言った。「どしたの? 何も出てこないじゃない」

「じっとしてろよ。しゃべるなって」

「だって」

と、顔をあげたとき、道子の目の前に、いきなり二本の足がにょっきりと立った。灰色のズボンに包まれた足だ。黒い革靴を履いている。

見あげると、白い開襟《かいきん》シャツと、四角い顎と、気短そうな濃い眉毛と、大きなぐりぐり眼《まなこ》が目に飛び込んできた。

「ミチコ、おまえはまた九九を間違ったな!」

床に這《は》いつくばったまま、道子は唖然と口を開けた。小学校の担任の先生だ。短気で乱暴で八つ当たりで、生徒たちはみんな〝ネズミ花火〟と呼んで嫌っていた。

そう、あたしは九九が苦手で、この先生にさんざん虐《いじ》められたんだ!

〝先生〟は両手を高々とあげて咆哮《ほうこう》した。

「九九も覚えられないようなおまえはいきるカチガナイ、コノワタシガコウシテヤル!」

〝先生〟の両手が道子につかみかかり、軽々と持ちあげた。道子が壁に叩きつけられるのと同時に、少年が発砲した。ビン！ というような音がして、光の針の束が〝先生〟の脇腹に突き刺さる。

〝先生〟はぎゃっと叫ぶと、床に倒れた道子を踏みつけて逃げ出した。少年はその後を追い、道子を飛び越えながら、

「大丈夫かオバサン！」

「だ、だ、大丈夫、あたしは」

よろめきながら、道子は起きあがった。〝先生〟と少年が、玄関のドアから廊下へ走り出て行く。台所のデコラテーブルにぶつかりそうになり、やっと廊下にまろび出た道子は、そこで信じられないものを見た。

〝先生〟が、ベランダの手すりの上に仁王立ちになっている。薄ら笑いをうかべて、口の端から涎《よだれ》を垂らしながら。

少年はガラス戸のすぐ外で、〝先生〟に対峙《たいじ》していた。少し腰を落とし、両手でさっきの銃をかまえている。〝先生〟の胸のあたりに、ぴたりと銃口を据えて。

「シュリンカー、もう諦めな」と、彼は落ち着いた口調で言った。「この距離じゃ、おまえがたとえバニッシュしたところで、こっちの弾の方が速いよ」

頭上から、うゆゆゆゆゆんという音が近づいてきた。バレンシップだ。すぐに、逆さまになったバケツの縁が見えてきた。

〝先生〟はそちらを仰いだ。「あれがお迎えの船というわけかい？」

「そうだよ。一等客室へご案内するよ」

うっひょっひょというような声で、〝先生〟は笑った。その声は、周波数が微妙に合ってないラジオの音声みたいに、割れてかすれて耳障りだった。道子は呆《ほう》けたみたいになって、ただ〝先生〟を見つめ

ていた。それが本物の先生ではないことはわかっていたが、いったいどうやったら、これほどまでに本物に近く、なおかつ限りなく下品な偽物《イミテーション》がつくれるのだろう？

　バレンシップの下部のハッチが、ぱかりと開いた。そこから何か機械の腕のようなものが、ゆっくりと出てきた。戦争映画で見るミサイルの発射装置みたいなものだ。

「ミチコはいまでもわたしがきらいらしい」

〝先生〟は道子を見ると、嬉しげに白目を剝《む》き出した。道子は顔を背けた。

「オバサン、取り合うな」少年が鋭く言った。

「ミチコ、わたしはおぼえているぞ」と、〝先生〟は続けた。「わたしはおまえを廊下に立たせた。休み時間になっても許さなかった。するとおまえは廊下でおもらしをした」

　そうだ、確かにそういうことがあった。みんなにからかわれて、死ぬほど恥ずかしかった。養護の先生が、家に電話してくれた。母が着替えを持ってきてくれて――

　道子は両手で耳を覆った。

「オバサン、いいからもう下に降りろ！」

「あたしは――」

「こいつに取り合うな！　オバサンの思い出のなかから、手当たり次第に引っぱり出してぶつけてきてるだけだ！」

〝先生〟は、口の両端から涎を流しながら、ゲロゲロと笑い始めた。「わたしがトイレに行かせなかったから、ミチコはろうかでおもらしをしたぁぁぁぁ！」

「やめてよ、この化け物！」

　道子が叫んだ瞬間、下からどすん！　と衝撃がきて、建物全体が揺れ動いた。思わずよろけて足を出しながら、少年が言った。

「今度はなんだ、オバサン！」

「わかんないわよ！」

喉いっぱいに叫んでしまってから、道子は両手で口を押さえた。ああ、そうだこれは、これは、あたしの、あのときのあたしの。

（大地震が起こって、みんなみんなホロびちゃえばいいんだ！）

廊下に立たされて、おもらしが冷たくて、死ぬほど恥ずかしくて、あたしはそう念じたのだ——あのとき。

もう一度、どすん！　四階のドアが、ひとつ残らず、騒々しい音をたてて全開になった。

「しまった！」少年が叫んだ。「シュリンカーは？」

〝先生〟は、手すりの上から消えていた。

「クソ、なんてこった！」

少年は手すりから身を乗り出し、首がちぎれそうな勢いであたりを見回した。バレンシップは建物から少し離れて旋回し始めた。下部ハッチから突き出ていたミサイル発射装置みたいなものは、そのままだ。

手すりの端から端まで走り回っていた少年が、ぎくりと足を止めた。目は四階下に釘付けになっている。

「オバサン」と、初めて、ひどく動揺した声で道子を呼んだ。「あれは誰だ？」

少年の指さす先の地面に、道子は見た。真由だ。真由が瓦礫の陰から出てきて、こちらを見あげている。そういえば、いつの間にか歌もやんでいた。

そして、小さな真由に近づいてゆくのは——ゆくのは——

定之だ。

「パパ！」と、真由が嬉しげに叫び、両手を広げて駆け出す。「パパ、パパ、パパ！　パパも来てくれたの？　ママを助けに来てくれたの？」

全身の力を振り絞り、声に変換できるエネルギーのすべてを集めて、道子は叫んだ。

「真由！　逃げなさい！　それはパパじゃない！　パパじゃないの！　逃げなさい真由、逃げるのよ！」

道子の声は、矢のように飛んで真由に届いた。〝パパ〟と真由の距離は二メートル足らず。そこで真由はつんのめるように足を止めた。

「何だよ、真由。どうしたんだい？　パパだよ」

シュリンカーはぬけぬけと嘘《うそ》をつき、一歩、二歩、真由に近寄りながら両腕をさしのべた。

「パパが来たから、もう安心だ。さあおいで、真由」

「駄目よ真由！　逃げなさい逃げて！」

道子は叫び続けていた。真由は一瞬だけ視線を上に飛ばして、そんな母親を見た。そして、決然として踵《きびす》を返すと、仔ウサギのように逃げ出した。

シュリンカーはすんでのところで真由を捕まえ損ねると、彼女の後を追い始めた。それは人間に似て、けっして人間の走り方ではなかった。大きな猿が、長い腕を地面に引きずりながら駆けてゆく。真由を追って駆けてゆく。ああ、これは悪夢よりひどい。

「真由！」

前後を忘れて地面に飛び降りようと、道子は手すりによじのぼった。後ろからぐっと引っ張られて、廊下に尻餅《しりもち》をつく。

いつの間にか、またバレンシップが接近していた。それに向かって何かがぴゅっと空を切ると、ガラクタがたくさんぶら下がったデッキの手すりに、鉤爪《かぎづめ》みたいなものがガッキと食い込んだ。鉤爪にはロープがつながっていた。

少年はロープの端を腰に巻きつけ、何のためらいもなくベランダの手すりにのぼると、ひらりと身を躍らせた。彼の体重と加速に、バレンシップがぐっと傾く。少年はロープで空《くう》を過《よぎ》り宙に弧を描いて、真由を追いかけるシュリンカーのそばまで鮮やかに飛んでゆくと、ロープが伸びきったところで手を離し、優雅にくるりと後ろ宙返りをした。

道子は見た。その瞬間は、スローモーションのようにゆったりと展開して、細部までありありと目に見えた。振り子の原理で宙を泳ぎながらも、少年は逃げてゆくシュリンカーの背中を見つめていた。熟練した体操選手が、派手な宙返りとひねり技をこなしながらも、着地点であるマット上の一点から目を離さないように、彼の目もシュリンカーから離れなかった。

そうして後ろ飛びに宙を飛びながら、腰のホルスターに手をやり、頭の上まで持ちあがった足がゆっくりと降りてきて、腰が折れ、着地体勢へと入る直前、中空でシュリンカーの背中を正面から視認できる形になった瞬間に、抜き撃ちに撃った。

あのスリムな銃口から、目もくらむようなまばゆい金色の光が、一直線にほとばしった。光線銃だったんだ——と、道子が認識するのと同時に、その光はシュリンカーの背中の真ん中に命中し、光の輪となってシュリンカーを包み込んだ。

金色の光のなかで、シュリンカーは硬直した。なじみ深い定之の後ろ姿が、さっきのあの忌まわしい猿のような駆け足の格好もそのままに、真っ黒なシルエットとなって光のなかに固定された。その瞬間、金色の光は、まるでその黒いシルエットが放つ不可思議なオーラのように見えた。

そして、光は消えた。後には、駆け足の姿勢をとったまま、彫像のように固まっているシュリンカーだけが残された。

すべてはアッという間の出来事だった。

シュリンカーよりかなり後ろで、少年がゆっくりと立ち上がってズボンの尻をパンパンとはたいた。

銃はもうホルスターに収まっていた。着地したとき、彼がどんな姿勢だったのか、道子は見ていない。ここからだと後ろ姿しか見えないから、今どんな顔をしているのかもわからない。でも、その痩せっぽちな背中は、どんな動揺や緊張もそこに映していないことで、充分に状況を物語っていた。

「おチビ、大丈夫か?」

少年が歩き出しながら、前方の真由に向かって呼びかけた。真由はシュリンカーからほんの二メートルほどしか離れていない場所で転んでいた。座り込んで、両手を地面についている。

そこで、道子は我に返った。狂気のように階段を駆けおりた。

このときの道子の走りは金メダルレベルだった。真由のそばに駆け寄って抱きしめ、抱き合い、その場に座りこんで、そこで初めて息が切れて口がきけないことに気がついた。

少年は固まったシュリンカーのすぐ脇に立ち、拳《こぶし》でこんこんとシュリンカーの脇腹を叩いていた。

「いっちょうあがり」と、ニヤリと笑って道子を見た。「どうだい? 面白い置物ができたろ。うちに持って帰って飾るか?」

道子はブルブルと首を振った。「とんでもないわ」

シュリンカーは、定之のままだった。彼の姿を借りたままだった。それでも、もちろんそれは定之ではなかった。目を見開き、歯をむき出し、腕を差し伸ばして真由を追いかけている。その顔には一片の人間らしさもなかった。えげつなく貪欲《どんよく》な捕食獣。どうぞ真由が、逃げながら振り返ってこの顔を、この顔が硬直して固まる前に、生《なま》で動いている様子を見ていませんようにと、道子は祈った。

「そうだよな。じゃ、待っててくれよ。すぐにこいつを片づけちまうから」

少年は言って、前髪をかきあげ、頭上を仰いだ。

バレンシップが近づいてくるのに、手をあげて合図を送る。

「おチビ、怪我《けが》しなかったか?」と、上を向いたまま尋ねた。

「うん」と、真由は答えた。そのときまでまばたきひとつしなかった目が、そこで初めてパチパチと動いた。

「怖かったか?」

「うん」

返事を聞いて、少年は首を下げ、真由を見た。そして素早く鼻の下をこすると、言った。「ごめんな」

「ううん」

真由の声は震えていなかった。しっかりしていた。にっこり笑うと、道子を見あげた。

「ママ、大丈夫?」

道子は真由の髪を撫でた。ごめんねごめんねもう何も怖くないからね――と、呪文のようにささやきながら。

バレンシップが降りてきた。ちょうど二階家ぐらいの高さで滞空している。あのミサイル発射装置は、固まっているシュリンカーに狙いをつけている。

「オーケイ」

少年がシュリンカーから離れると、操縦席のマエストロに合図を送った。そして道子たちの方を振り向くと、

「ちょっとまぶしいぜ」と言った。

ミサイル発射装置から、さっきのと同じ、明るい金色の光の束が飛び出した。それは一直線にシュリンカーの上まで到達すると、そこでそれの全身を覆う金色の網に変わった。

網に捕らえられると、瞬間、シュリンカーは定之の姿のままでぎゅっと身もがいた。それの苦悶《くもん》の表情を見せるまいと、とっさに道子は真由の目を手で覆った。

だが、シュリンカーはすぐにその擬態を失い始めた。それ本来の顔が、一瞬見えた——長い顎と尖った鼻と、吊り上がった目尻と、アンバランスに長い手足を持つ痩せこけた男——さらに金色の光の網がどんどん縮まると、それは人の形さえも失い、どろりとした丸い大きなアメーバのようになり、容赦《ようしゃ》なく縮まってゆく光の網に最後まで逆らって、網の目のあいだから外に逃れ出ようとさえするのだった。

「往生際が悪いねぇ」と、少年が笑った。

キュン！　と音を立てて、光の網は収縮を止めた。そこには、五センチ四方ぐらいの金色の立方体《キューブ》が残っていた。少年はそれを素手で拾いあげると、

「こうなっちゃうと、きれいだろ？」と、道子たちに笑いかけた。

「手で触ったりして平気なの？」

「平気、平気」

着陸したバレンシップから、マエストロが降りてきた。小型のクーラーバッグみたいなものを、肩からさげている。少年は拾いあげた金色のキューブを、そのなかに入れた。

「マダムも嬢ちゃんも、さぞや恐ろしい思いをしたことでしょう」またぞろ丁寧に頭を下げながら、マエストロは言った。「しかし、お二人のおかげで、わしらの任務は無事終了しましたですじゃ。まことに有り難い、有り難い」

「ま、ちょっとしたもんだったな。捕獲ミッションになったから、報酬もバッチリだ」

少年は鼻先で歌うように言った。

「オバサン、やっぱ勉強が苦手だったんだな？」

道子は笑い出した。「うん。おかげで、えらいことになっちゃったわね」

道子の笑顔に安心したのだろう、真由は立ちあがり、無邪気にあたりを見回した。

「あれは、パパじゃなかったのよね？」

「そうですじゃ、嬢ちゃん。パパではありませんぞ」

「パパはどこにいるの？」

「嬢ちゃんがお目目を覚ませば、そこにおりますじゃ」

「そっか。ねえ小父さん、この船に、真由もまた乗れる？」

「あいや、それは嬢ちゃん、ちと難しい」

少年が道子のそばに寄ると、ひそひそ声を出した。

「あのさ、オバサン」

「なあに？」

「普通は俺たち、これでオサラバなんだ」

道子は彼の顔を見た。

「でも、今回はおチビがいるからさ。なあ、あの子にとっては、今度のことは、やっぱ悪い夢だよな？偽物とはいえ、父親に追いかけられてさ、そいつが捕まるところも見たわけだからね」

それはそうだろう。道子だって、〝定之〟が網に捕らえられたときには、一瞬だけだが身体のどこかがズキリと痛むのを感じた。

「あの子にとっては、消した方がいい夢ならば、これ、渡してやってくれないかな」

ズボンのポケットに手を突っ込むと、少年は何か取り出して、道子の鼻先に突きつけた。

きれいな包み紙のキャンディだった。

「ジャック・インする対象が子供のときにも、こいつを使うんだ。これを食べると、ミッションのことは全部忘れるんだよ。うん、ほとんど忘れる。まるっきり、きれいさっぱりってわけにはいかないかもしれないけど、だいたいは忘れる。あ、言っとくけど危険な薬じゃねえよ」

少年は、ちょっと顔をしかめた。

「それでも、今度の場合は、オバサンがそばにいるから、無理に忘れさせなくてもいいのかもしれないって気もするんだけどさ。でも、やっぱ父親が出てきちゃったってのは、まずいと思うんだよ。今は興奮してるから平気でも、あとあと響いてくるかもしれないじゃんか」

道子には、彼の気遣いがよくわかった。この子は――自分の親がお尋ね者になっているわけで――だからこそ。

「ありがとう、いただきます。あたしが真由に食べさせるわ」

「そ。じゃ、よろしくな」

くるりと背中を向けて、バレンシップの方に戻ってゆく。

「マエストロ！　そろそろ引き揚げようぜ！」

「おお、残念だが、そういうことですのじゃ、嬢ちゃん」マエストロはほっとしたようだった。どうやら真由に質問攻めにされていたようである。

二人はバレンシップに乗り込んでゆく。道子は真由と手をつないでそれを見守った。エンジンがかかる。うゆゆゆゆゆん！　すぐそばにいると、結構な騒音だ。

少年が昇降口をくぐろうとしたとき、急にぐっと胸に詰まるものがあって、道子は大きな声で呼びかけた。

「いろいろありがとう！」

少年はちゃっちゃっと手を振っただけだった。

「ねえ、ちょっと！　ちょっと待って！」

道子は口の脇に手をあてて、さらに声を張りあげた。

「名前を教えてもらってなかったわ！」

「あ？」少年は自分の鼻の頭をさした。

「そうよ！　あんたの名前よ！　あたしはミチコ！　この子は」と、真由を抱きあげて、

「あなたが助けてくれたこの子は、マユよ！」

排気口から吹き出す風に顔をしかめて、片足を昇

降口にかけたまま、少年はちょっとのあいだ突っ立っていた。それから言った。

「オバサン、オバサンがよっぽど運が悪くない限り、二度と俺らには会わないよ！」

「だから？」

「だからさ、名前なんて聞いても意味ねえじゃん？」

道子は真由を抱き下ろし、今度は両手を口の脇にあてて ラッパにした。

「意味はあるのよ！　だって、思い出になるんだから！」

少年はぼりぼりとハチマキの下をかきむしった。そして怒鳴るように答えた。

「マエストロのホントの名前は、俺も知らねえ！」

「あらま！」

「だから〝師匠《マエストロ》〟って呼んでるだけだよ！」

「わかった！　じゃ、あなたは？」

真由も道子の真似をして、両手でラッパをこしらえた。「お兄ちゃんの名前は？」

「俺は――」と、彼が声を張りあげたとき、それにおっかぶせるように、エンジンの駆動音が大きくなった。排気の勢いも激しくなり、少年の声はそれに呑まれてしまった。

「え？　何？　もういっぺん言ってよ、聞こえなかったの！」

道子たちの声は届かなかった。少年は排気に首を縮めて昇降口に飛び込み、ドアを閉めた。バレンシップは細かく振動しながら離陸を始めた。

「あーあ」と、真由が言った。「聞こえなかったね、ママ」

「そうだねえ、あのお兄ちゃんは、名無しのゴンべさんだ」

バレンシップは見る見るうちに上昇し、道子と真由の上でぐるりと旋回すると、白い霧の立ちこめる向こうへ飛び去っていった。

「さて、どうしようか、真由ちゃん」

道子は真由とつないだ手をぶらぶらさせた。

「霧が降りてきて目が覚めるまで、ママの育った団地のまわりを探検してみる？　焼け跡なんか見てもしょうがないけど——」

「うん」真由はうなずいて、ちょっとお茶目に笑った。「でも、もう焼け跡じゃないよ」

えっと驚いて、道子は周囲を見回した。そして今度は、声も出せないほどに驚いた。

焼け跡が消えてゆく。

まるで、空《くう》に溶けるように消えてゆく。焦げた柱が、割れた瓦《かわら》が、元は何だったたかも定かでない瓦礫の山が、魔法の粉でも振りかけられたかのように、それらを構成していた極小の描点《ピクセル》へと還元されてゆく。そして、すべてのものが様々な色と質感が入り混じった混沌《こんとん》に戻ったかと思うと、次の瞬間には、今度は描点同士が再結合し、元の正しい組み合わせ、あるべき唯一の集合体へと形を成し始めた。混沌のなかから、家が、ビルが、電柱が、植え込みが、なじみ深い看板が、道端の標識が、横断歩道の薄れかかったラインさえもが、次から次へと現れて、あるべき場所へと落ち着いてゆく。

すべての描点の動きが止まったとき、そこには、道子が子供時代を過ごした町があった。団地の棟の灰色の壁も、通学路の途中にある少しだけ右に傾いた郵便ポストも、枯れかけた街路樹の葉のまだらな色も、何もかもすべてそのまま、ありありと、記憶のままに。シロタさんの家に行けば、屋根の上の赤トラ猫を見ることもできるかもしれない。

夢から覚めるまでのあいだ、道子は真由と散歩を楽しんだ。本当に懐かしくて、子供に戻ったみたいだった。自分も子供になって、真由という仲良しの友達を得たみたいだった。

自分自身のなかに、これほど克明に、これほど詳細に、過去が記憶として埋もれているなんて、考えてみたこともなかった。

この場を離れるのは、惜しいような気もした。でも、やがて霧が濃くなってきたので、真由にあのキャンディを与えた。それから、二人して大きな声で歌をうたった。歌の半分も終わらないうちに、あたりは白く清らかな霧に包まれた。


クリスマス・イブの翌日こそ、本当のクリスマスだ。ぱちりと目を開けて、道子はそんなことを思った。意味もないけど、でもあたしはここにいる。あたし自身で、誰にも乗っ取られず、あたしも無事で、真由も無事。そして今日はクリスマス。

台所に降りてゆくと、母が起きて湯を沸かしていた。二人で朝食の支度をしながら話をしているところに、父と真由が起き出してきた。

「真由ちゃん、ツリーの下にプレゼントがあるんだってよ」

真由は喜んでツリーに近づいたが、つと目をあげて、道子に尋ねた。

「ねえママ、なんだか口のなかが甘いの。ゆうべ寝る前に、真由、何も食べなかったよねえ?」

「食べなかったわよ」道子は笑ってそう言った。「だから大丈夫よ、虫歯になんかならないから。朝御飯、何がいい?」

昼を過ぎたころ、玄関のチャイムが鳴って、真由が走り出ていった。一呼吸おいて、「パパ!」と、叫んだ。

道子は母と顔を見合わせてから、二人して出ていった。本当に定之だった。背広にコート、寒そうに襟巻《えりまき》をぐるぐる巻いて、ボストンバッグと、もうひとつ大きな荷物を抱えている。

「昨夜、うちに電話したらいなかったから、こっちにかけたら、お父さんが、二人ともこっちに来てるって教えてくれたんだ」

「父さんが?」

「おじいちゃんが?」

「うん。内緒で来てビックリさせてやれって言われてさ。お義母《かあ》さん、すみません」

頭を下げながらも、定之はほっとしたような顔をしている。

「会議が予定より早く終わったから、とにかく帰ろうと思ってさ。真由、ごめんな。パパ、クリスマス・イブに帰ってこられなくて。これ、プレゼントだ」

道子は少し険しい顔をしようと試みたのだが、全然うまくいかないので、やめた。

「さ、いつまでも玄関先にいないで、あがりなさいよ」と、母が言った。

一同はクリスマスをにぎやかに過ごした。昨夜食べ残していたチキンやケーキは、「昨日はロクなものにありつけなかった」という定之が、ぺろりと平らげてくれた。

「なあ、道子」

キッチンでコーヒーをいれていると、定之が近寄ってきた。

「なあに?」

「おまえ、真由を連れて映画を観に行ったろ? いやいやいいんだ、文句言ってるわけじゃないいんだ。このあいだは、俺が悪かった。一人じゃつまらないから、結局、俺は向こうでは一度も行ってないけど、道子は真由と二人なんだからさ、ガマンなんかしなくていいから、好きな映画をたくさん観て、何が面白かったか、あとで教えてくれよ」

道子は訝《いぶか》った。「真由が、映画に行ったたって言ってるの?」

「そうじゃないけどさ」

ニヤニヤしながら、定之は背中に隠していたものを取り出して見せた。画用紙にクレヨンで描いた、真由の絵だ。

「これこれ。どう見たって、空飛ぶ円盤だろ。ちょっとバケツがひっくり返ったみたいな格好をしてるけどさ。で、こっちの人間の絵はカウボーイのスタイルだ。投げ縄を腰にはさんでる。だろ？　教えてくれよ、何を観たんだよ？　またＳＦＸの凄《すご》いやつか？」

両手で絵を持って、道子は微笑した。上手に描けてる。今にも「うゆゆゆゆん」という音が聞こえてきそうなほどだ。

「これ、映画じゃないわ」と、首を振った。

「違うのか？　じゃ、何だよ。真由もさ、これが何だかわからない、なんて言うんだぜ。ただ何となく、こういうのを描きたかったから描いただけなんだよ、面白いでしょ、パパ、なんちゃってさ」

「そうなの。でもこれ、ホントに面白い絵だわね」

道子は、絵のなかのカウボーイもどきと、逆さまにひっくり返ったバケツに笑いかけた。

「真由は、こんな乗り物が空を飛んでて、こんなカッコをした人たちが出てくる、愉快な冒険の夢を観たんでしょう。きっとそうよ。ね？」

First Contact《ファースト・コンタクト》

1

ある日ある時ある場所《フィールド》であるD・Pに、こんなふうに尋ねられたことがある。

「子供のころの思い出は何だい?」

オレは答えた。

「そんなもんはねェ」

するとその人は笑ってこう言った。

「へエ、そうか。君はまだ子供だからな。思い出はこれからつくるということか」

オレたちの商売に守秘義務があるかどうかについては意見が分かれるところだが、それでもまあ大人らしく、プライバシーとやらに配慮すると、この人のことは詳しく言えない。でも、師匠《マエストロ》とおっつかっつの、いい歳《とし》ごろのオヤジだったということぐらいは言ってもいいだろう。

　そんなオヤジの彼から見れば、オレはまだまだ子供だったのかもしれない。だけどオレはそのとき、腹のなかで考えていた。そんなこと言うけどさ、おっさん、オレは今までに、おっさんがこれまで見たこともなければ、この先百年生きたってまず見る可能性がないようなものを、いろいろ見たぜ——と。

　そのなかにはきれいなものもあったけど、だいたいは、二度と見たくねェなと思うようなものの方が多かった。きれいなものにしても、強力な薬《ヤク》でラリってる男の大脳辺縁系にかかる八色の虹なんて、実はきわめて危ないものだから、見とれている暇なんかあったもんじゃなかった。

オレが子供のころの思い出を持ち合わせていないというのは、別にレトリックでも何でもない。いや、思い出がないわけじゃないよ。でも、考えてみてくれ。気楽なおしゃべりのなかで、「子供のころの思い出は？」なんて問いかけられたとき、答える側は、やっぱり〝良い思い出〟を探して答えようとするもんだろ？　自分だけになついている、すごく可愛い犬を飼っていたとか、少年野球大会でホームランを打ってめちゃめちゃ誉《ほ》められたとかさ。それが礼儀ってもんだから。子供のころの思い出を問われて、いきなり、アル中の親父に金てこで殴られるのが怖くておちおち眠れなかったこととか、芯《しん》までグレた兄貴と兄貴の仲間の命令で無理やり万引きをさせられたこととか、学校帰りに変質者に暗い場所へ引きずり込まれて、そいつが満足するまで解放してもらえなかったことなんかを語るヤツがいるか？

オレだって、それと同じだ。良くない思い出なら、量り売りできるほどストックしてる。良い思い出は、それらよりもずっと後、マエストロに拾われて、あのジジイの工房の屋根裏に住むようになってからできあがったものばかりだ。そして年齢はともかく、オレ自身の主観では、そうなってからのオレはすでに子供じゃなかった。だから、「子供のころの思い出」なんてもんはねぇよ――ってことになる。それなりに論理的だろ？

ところで、オレは今、どこの誰に向かってしゃべっているのだろう。これを聞いてるあんたが誰であるにしろ、まずは挨拶《あいさつ》をしなくちゃな。初めまして、そして、おじゃまします、だ。

たぶんあんたは今、身体的には眠っているはずだ。そして夢を見ている。最初に忠告しとくけど、お目目パッチリで起きているのにも拘《かか》わらず、オレの独り言が聞こえてるのだとしたら、あんた、それ相当ヤバいぜ。薬やってない？　へんてこなヘッドギアなんかも着けてない？　だったら、身体に一言のことわりもないままに、脳の一部が勝手に眠っちまうほど疲れてるってことだよ。

ただ、〝ロッジ〟のドレクスラー博士が言うことには、人間の脳の場合、〝読書〟って行為をするときにも、眠って夢を見ているときと似たような状態になることがあるんだそうで、だからあんたも、ひょっとしたら今は読書中なのかもしれない。あんたの心の平安のために、オレとしてはそれを願うばかりだ。本、読んでるかい？

もっとも、あのチビのサイエンティストの言うことは、半分ぐらいに割引して聞いておいた方がいいから、こいつもあてになる情報じゃないけどな。だって、あいつら連邦の科学者たちがもっとしっかりしていたなら、そもそもオレがここでこんなことをしてるはずはなかったんだからさ。

オレとあんたの関係は、申し訳ないけれど、未来永劫《えいごう》に亘《わた》って非インタラクティブであるわけで――どうしてそうなのかってことは、おいおいわかると思う――だからオレには、あんたのことが全然見えない。ごめんよ。

でもって、こっちは何をしてるところかっていうと、オレは今、今回のサルベージ・ミッションのD・Pのフィールドにジャック・インして、マエストロのバレンシップ備え付けの探知装置がターゲットのBNをキャッチするまで、時間つぶしをしているんだ。ライセンス取得から二年以内の賞金稼ぎ《バウンティ・ハンター》は、ミッションの待ち時間にはミーム・マシーンを使った言語思考トレーニングをするべしという〝ロッジ〟からのきついお達しがあるんで、しょうがないんだよ。トレーニング時間が規定数に足りないと減点されて、最悪の場合にはライセンス取り上げってこともある。そうなると、オレなんか光より速く干あがっちまうからね。

そうそう、そういうことを、あんたたちのあいだでは、〝飯《おまんま》の食いあげ〟って言うんだってな。最近じゃ、これとほとんど同じ意味で〝リストラ〟とも言うんだろ？　ちょっと違うのか。あんたらのお国の言葉はもともと複雑な上に、他所《よそ》の国の言葉もどんどん取り込んで、カタカナとやらで表現してくれるもんだから、ついていくのが大変なんだ。ドレクスラー博士はミーム・マシーンの開発責任者でもあるんだけど、ニホン言語・文化圏対応のマシーンには、どえらい苦労をさせられたって言ってた。バージョンアップもこれまた骨が折れるんだってさ。実際、そのせいで頭が薄くなったっていうんだから、ホントなんだろうな。まだオレの倍ぐらいの歳なのに、あんたらがあっちこっちで使ってる、ほら、〝バーコード〟だっけか？　あれみたいな頭になっちまってるんだよ。

マエストロはしょっちゅう博士に、

「いっそのことわしのようにきれいさっぱりつるつるにしたら潔《いさぎよ》いですじゃ」

なんて言ってるけど、博士は全力で抵抗してる。ミーム・マシーンがどれほど凄《すご》い発明なのか、オレには今いちピンとこないんだけど、まあ便利なものであることは確かで、それを設計した博士なら、地毛と区別がつかないほど精巧なカツラぐらい簡単につくれそうなもんだと思うんだけど、分野が違うんだそうだ。科学者ってのは不便だね。

おっと、話がそれたかな。順序立てて独り言を言うなんて、難しいね。でもオレは、声に出して言ってるわけじゃないよ、念のため。それをやるのは、俺たちの世界でも、あんたたちの世界と同じように、ちょっと危ない人間だけだ。

探知装置の画面は真っ平らにブラックアウトして、一個の輝点《きてん》すら現れる気配がない。マエストロはデッキに出て、鼻歌混じりで工具を磨いてる。まだまだ時間はありそうだ。ここはひとつ、じっくりと腰を据えて、オレが何者でどこから来たのか――どうしてここに来る羽目になったのかという筋書きを、あんたに説明することにしようかな。

2

あんたらは銀河系の太陽系の地球って星にいて、あんたらの国は日本っていう。地球でいちばんハバをきかせてる――じゃなくて、文化とか文明とか言語とかをつくった生き物は人類ってもので、あんたらもそう。日本に住んでるから、区分けの便宜上〝日本人〟と呼ばれてるし、そう自称することもある。で、あんたらは――あんたら固有の暦じゃなくて、西暦ってもので表現するところでは、紀元後の二〇〇一年という時を生きている。

オレの住んでいる星も、同じように銀河系の太陽系に存在してる。いや、してるらしいと科学者たちは言ってる。あいにく、オレはこの目で確かめたことがないから、このへんは伝聞だ。知識とか学問なんて、みんな伝聞だもんな。しょうがねェや。

さて、同じ太陽系にいるらしいのに、どうしてオレらの星とあんたらの地球が出会ってコンニチハしないのかというと、これはどうやら、二つの星が存在している時間軸が異なっているからであるらしい。つまり、オレらの星は、あんたらの星が生まれて栄えるうーんと前に生まれて栄えて滅んでしまったか、あるいは逆に、あんたらが生まれて栄えて滅んだ後に生まれて栄える予定になってるか、どっちかだということだ。

オレなんかが考えると、これは「星」単位の話じゃなくて、あんたら人類とオレら人類とが、そういう関係にあるのかもしれない、とも思えるんだけど、ドレクスラー博士は、それはあり得ないと断言してた。あんたらの地球も、オレらの星も、天体としてそんなに長持ちしないんだってさ。でも面白いことに、あんたらの地球のことを、〝テラ〟と呼ぶこともあるだろ? オレらの星も、オレら固有の言語で言うと、〝テーラ〟という音になるんだよ。ま、偶然だろうけどな。

　次に、では異なる時間軸に存在する星に存在するオレとあんたが、どうして今ここでコンニチハしているのかというとだ、これは、なにしろオレらの方が悪い。一方的に悪い。後で怒られると嫌なので、先に謝っておく。本当に済まないことをした、申し訳ない。関係者はいたく反省しているようなので、どうかひとつ勘弁してやってほしい。

　今から十二年前のことになる――

　と、ここで言っておくけど、オレの使う時間表現は、全部あんたたちの使っている表現だから、安心して呑《の》み込んでくれよ。これができるのがミーム・マシーンの威力なんだ。つまりミーム・マシーンてのは、〝ポータブル文明翻訳機〟なんだな。

　ホントはもっと長ったらしい正式名称がついていて、それを俺らの原言語(っていう表現も乱暴だけど)で言うと、あんたらの耳には、そうだなぁ、酔っぱらって階段から転げ落ちて救急車で病院に運ばれてゆく途中に呻《うめ》いて放つ声みたいに聞こえると思う。これはあて推量じゃなくて、この前のサルベージ・ミッションで会ったD・Pが、オレの発音を聞いてもらした感想だから、確かだろう。D・Pは、間違いなくあんたらの世界の人だからね。

　さて、今から十二年前のことになる。

　その時代の〝テーラ〟はというと、〝テーラ〟の人類が栄えて、今のあんたらと同じくらいの文明(科学技術を含む)をつくりあげていた。そして世界を統一する連邦国家がやっとこさ誕生して、二十年ばかり経ったところだった。

あんたらの地球と俺らの〝テーラ〟には、すごく大きな違いがあるんだ。〝テーラ〟には陸地が少ないんだよ。星全体の約九十四パーセントは海。しかもその海の半分以上がどろどろでぐちょぐちょで、およそ生き物の生存には適さない。少なくとも、文明を育てようというぐらいの生き物は「ちょっと勘弁してください」と遠慮したくなるような環境なんだ。底の方まで探し回れば、鉱物資源とかないわけじゃないけど、それを掘り出して実用化するには、手間と金がものすごくかかる。

だから、ごく自然の成り行きで、〝テーラ〟の国々のあいだでは、少ない陸地を取り合うという、わかりやすいけど情けない戦争が絶えなかった。二千年近くそんなことばかり繰り返していて、本当に多くの国が立ち行かなくなって、国民の半分が死に絶え、残り半分が難民化して世界中をさまよう――というような事態を目の当《ま》たりにするようになって、やっとみんな考えるようになった。こんなことをしていちゃ、しまいには残らず滅びることになるぞ、と。で、あっちで手を打ちこっちで頭を下げ、まあ、腹の底にはみんな含むところがあったにしろ、五つばかりの強国が手を組んで、連邦国家をつくったわけだ。それでも、しばらくのあいだはテロや内戦が続いて、マエストロなんかそのあたりのことは身体で知っている。

さて、できたてホヤホヤの連邦政府は、大目標をひとつ、どかんとぶちあげた。海洋開発さ。どろどろぐちゃぐちゃをどうにかして人間が住めるようにするか、どろどろぐちゃぐちゃから引き出せる限りの資源を引き出すか、どっちかの活用方法を考えよう、というわけだ。

これまでは、バラバラの国がバラバラに研究開発をしていたから、知識の交流もなければ技術の交換もなかった。統一化されたからには、それぞれの頭のなかにあるものを全部テーブルにぶちまけて、〝テーラ〟の人類の発展のために活《い》かしましょうということだよな。

ところで、俺らの〝テーラ〟は、あんたらの地球と違って自然環境が厳しいせいだろう、人口が増えて困ってるらしいあんたらとは逆に、人口が増えなくて困っていた。子供はコロコロ死ぬし、年寄りは長生きしない。で、人口が少ないってことは、人材が足りないってことでもある。連邦政府は、海洋開発という大事業に取り組むことになって、今さらのようにこのことを痛感したんだろう。国民には「海を我らの手に」なんてスローガンをガンガン飛ばして鼓舞する一方で、こっそりとんでもない研究を進めていた。

人間を〝不死化〟する研究だ。

もちろん人間は生き物だから、いつかは死ぬ。肉体という器はもろくて儚《はかな》いものだ。優秀な人材だって、死なれてしまえばその頭の中身も泡と消えてしまう。

そこで連邦政府直属の科学者グループのなかの、とんでもない一派は考えた。先回りしておくと、このとんでもない一派のなかには、後年、弱冠十五歳のドレクスラー博士も参加することになる。どうやら、あのチビうすらハゲは天才だったらしいんだ。何の天才だか知らないけど。

ともかく、そのとんでもない一派は考えた。肉体という器は放っといてもよろしい、頭の中身だけ、取り出して保存して機能するようにできればよろしいではないか、肉体から、〝意識と知識と知能と思考〟と、それらを統合して使いこなす〝人格〟を切り離せばよろしいではないか、と。それが〝不死化〟ってことなわけさ。

やっぱり以前に会ったD・Pが、それはつまり肉体というハードウエアから頭脳というソフトを切り離して、別のハードウエアにインストールするということかなと、言ってたことがある。まあ、それと似てるかもしれない。国家のために必要な優秀な人材に限って、その肉体が衰えて死ぬ前に、内蔵する頭の中身を人格ごと取り出して、別の器――肉体なんていう壊れやすいものじゃなくて、もっと頑丈なマシーン――に移し替え、そこでせっせと海洋開発や資源管理や医療技術開発のために働いていただく。それが可能になれば、おぎゃあと生まれてから人材として活用できるまで育てる手間も省けるというものだ。結果的には、人口不足による人材不足を補ってあまりあるかもしれない――

　できるのかよ、そんなこと――と思うだろ？　できねェよ、と思うだろ？

　結論から言うと、まあ、部分的にはできたらしいんだな。そして、それが災厄のタネだった。それが十二年前に起こった出来事の原因だった。今、オレがここにこうしていることの遠因にもなった。

　実験機が、テスト運転で暴走したんだよ。

3

　なんかなぁ、「お約束」って感じだろ？　国家直属のひみちゅの研究機関がひみちゅの人体実験を行ったらアラたいへん、とんでもないことになってしまいました。

　でも、マジでホントなんだ。オレはその暴走事故の結果発生した大惨事で親父を亡くした。当時四歳だったオレは、親父が仕事にいってるあいだ、町外れにあった無免許の託児所に預けられていたおかげで命拾いしたんだけど、研究施設の大爆発は、そこからでもよく見えた。爆風も吹きつけてきた。

　最初は、どすん――と、地面の内側からどでかい金てこで叩かれたみたいな衝撃が来た。それから、研究施設が在る町の中心の方向で、剣みたいに鋭くて白い光が、次から次へと空に向かって放たれるのが見えた。そのころはまだおとぎ話を信じていたオレは、一瞬思ったよ。地面の底深くに棲《す》んでいるという巨人族たちが、いよいよ剣を突きあげて、地上に攻めのぼってきたんじゃないかって。

そのときオレは託児所の庭にいた。庭っていってもただの野っぱらで、そこらじゅうに壊れた耕作機械や車がゴロゴロ捨てられていたんだけど、それがちょうどいい遊び場になってたんだな。で、仲間の子供たちと、あんたらの世界で言う「鬼ごっこ」と「かくれんぼ」を合わせたような〝ヒューイ〟っていう遊びをしていた。十人ばかり集まって、八対二ぐらいに分かれて、それぞれが警官役と泥棒役になって、逃げたり隠れたり捕まえたりするごっこ遊びさ。そこにどすん！　グラグラってのが来て、託児所の建物全体がぶるぶる震えて、粗末な草葺《くさぶ》きの屋根から、塵《ちり》や屑《くず》がパラパラと落ちてきた。そして、光が見えたんだ。見とれるくらいにきれいで、だからみんなしてポカンと口を開いてながめてた。すると託児所のママンが、

「みんな目をつぶりなさい！　光を見ちゃダメ！」

両手を振り回して大声で叫びながら、建物から飛び出してきたんだ。

「伏せなさい、地面に伏せなさい！」

オレたちは言われたとおりにした。それでもまだ魅入られたみたいに突っ立って光を見ている子供に、ママンは飛びかかってダイビングプレスをかまして、そのまま一緒に伏せた。なにしろママンはでっぷり太ってて、腕なんか丸太ん棒みたいだったから、これはすげえ乱暴なやり方だったんだけど、でもそれで正解だった。その直後に爆風が押し寄せてきたんだから。

ぺったりと地面に伏せていても、あおられてずる

ずると動いていってしまうくらいの強い風だった。オレは地面をひっかくようにして指を立てて、必死で頑張った。それでも地面をずって動いてしまった。ちょうどすぐそばに、捨てられていた耕作機械があって、それに引っかからなかったら危なかったろう。

オレは耕作機械にしがみついて、顔をあげた。すると、仲間の子供のひとりが、あれよあれよという間に風に巻きあげられて、びっくりした表情を顔に張りつけたまんま、両手両足を踊るように泳がせて、託児所の屋根を飛び越えてゆくのが見えた。あいつどこまで行くんだろうな――なんて、呑気《のんき》なことを考えたのを覚えてる。

爆風が通り過ぎると、オレたちはみんな砂まみれになってた。ママンが最初に起きあがって、オレたちの名前を呼び始めた。後にも先にも、ママンがあんな真っ青な顔をしてるのを見たことはなかったよ。風に飛ばされて屋根を越えていったヤツと、もう一人、オレのいちばん仲良しが、ママンの声に返事を寄越《よこ》さなかった。するとママンはオレたちに、みんな建物のなかに入って、手をつなぎあっていなさいと命令して、それから大声で聖《セント》クリスティアナの祈りを唱えながら、返事のなかった二人を探し始めた。

オレはそのころからきかないガキだったから、仲間の手を振りきって、建物には入らずに、身体の砂を払い落として、ママンのあとを追いかけていった。仲良しの友達のことが心配だったんだ。

ママンは野っぱらの端っこに転がっていた大型機械の残骸のそばにひざまずいていた。その大型機械の残骸は、爆風が来る前と後とで、転がっている格好がちょっと違っていた。つまり、傾いちまったんだな。そして機械の下から、オレの仲良しの友達の服の袖《そで》がちょこっとのぞいていた。袖には中身が入っていたよ。でも、血はほとんど流れていなかった。砂が吸い込んじまったのかもしれない。

ママンは両手でしきりと聖なる印を切りながら、泣いて泣いて嘆いて、それでもまだ大声で祈っていた。

「おお、どうしようどうしよう、ホセがこんなところに！」

オレの仲良しはホセって名前だったんだ。あんたらのニホン語で言うと、「何かを乾かせ」って意味になるんだって？ オレたちの原言語では「光の子」って意味があるんだよ。ちょっと古い言い回しになるんだけど。

ホセは死んじまった。それが、オレがこの目で見た最初の「死」だった。

ホセはあのときの〝ヒューイ〟では泥棒になってたから、思うに、最初のどすん！ が来たとき、あの大型機械の陰に隠れていたんだろう。で、機械が傾いて、ぺしゃんこ。たぶん一瞬のことだったろうなと、オレは今でも思ってる。

それからしばらくすると、巡回保安官のパトロール車がすっ飛んできて、被害の状況を調べたり、ママンから話を聞いたり、部下に指示してあちこち捜索をして、屋根を越えて飛ばされていった子供も見つけてくれた。こいつも、オレが目撃した「ビックリ！」の表情のまま、地面に落ちて死んでいた。

ワン保安官は無愛想でおっかない人だけど、腕っ節はやたら強くて、〝ヴァンプ〟では誰にも負けなかった。あ、〝ヴァンプ〟ってのは、あんたらの言う〝腕相撲〟みたいなゲームだ。こっちじゃ酒場で酔っぱらいが集まって金をかけてやるんだけど、たいてい最後は参加者総出の殴り合い蹴《け》り合いに発展して収拾がつかなくなって、保安官が呼ばれるんだ。するとワン保安官は、酒場の入口に立って、頭の上で一発空砲を撃って、それから「今夜のチャンピオンは誰だ？」って怒鳴るんだ。で、そいつが名乗り出ると、ひと勝負持ちかける。おまえが俺に勝てたら見逃してやる、掛け金も全部やるぞってね。でも、誰も保安官には勝てない。パトロール車の後部座席に押し込まれて、何日間か巡回保安官事務所で力仕事をさせられる羽目になるってわけさ。もちろん、掛け金はワン保安官のポケットにおさまる。

そのワン保安官でも、傾いた機械の下からホセを引っぱり出すことはできなかった。部下が三人くらい手伝っても、まだダメだった。結局、二日も経って、連邦政府の派遣した災害救助隊が、やっとこさ、しかも嫌々ながら託児所にやって来るまで、ホセは機械に押しつぶされたまんまになっていた。

救助隊はパワーローダーを持っているから、ほんの五分ぐらいで済む作業だった。持ち上げた機械の下からホセを引きずり出した隊員が、鼻をおさえて、「臭《くせ》ぇな、もう腐り始めてるぜ、このガキ」と言ったのを、オレは聞き逃さなかった。十歩分くらい、助走したかな。あれは、オレが生まれて初めてキメキメに決めた飛び蹴りだった。我ながら、思い出しても胸のすくようなキックだったね。あのクソッたれ救助隊員の頭の右側には、今でも、四歳の子供の靴底の形の痣《あざ》が残ってるはずだぜ。

それでオレは、災害対策本部に連れて行かれることになった。オレを引っ立てて行く隊員に、ママンがまたダイビングプレスをぶちかまそうとして、ワン保安官に止められた。今思えば、保安官はすでに、町がほとんど壊滅していることを知ってたし、遅かれ早かれ、オレが研究施設の職員の子供として本部に呼び出されることも予想していたんだろうな。

そして、町の中心部をはさんで、ちょうど託児所と反対側に位置している、災害対策本部の急ごしらえのテントのなかで、オレは親父が死んだことと、おふくろが〝逃亡〟したことを知らされたんだ。

あれ？　もしかするとオレって今、「身の上バナシ」とかいうものをやっちゃってる？

　悪い、悪い。オレの人生なんて、あんたらには全然カンケイねぇもんな。ミーム・マシーンの言語思考トレーニングの推奨パターンとして、「日記をつける」ってことが挙げられてるんだけど、オレはそれ全然苦手で、やったことないんだ。だけど自分のことをつらつら考えるって意味では、そっちの方がまだしもハタ迷惑じゃないよな。

　本題に戻る前に、気分転換てやつで、ちょっとモニター席から離れてみるか。もうひとつの推奨パターンに「ミッションの状況報告」ってのがあることだし。

　マエストロのバレンシップ内部は、ごちゃごちゃした機材の真ん中に立ってぐるりと見回せば、全部見えちゃうというくらいの広さしかない。で、後部に取り付けられた昇降扉をぱっかんと開けると、デッキに出る。

　この前のミッションのD・Pは、小さい女の子のおっかさんで、けっこう気が強くて元気な女の人だった。この人はバレンシップを見て、

「逆さまにしたブリキのバケツの底にプロペラをくっつけたみたいだ」と言った。デッキは「土星の輪っかみたい」だとも言った。マエストロは、そのデッキの前部に設置してある光弾銃の銃座の足元で丸くなり、何だかガチャガチャ音をさせている。右舷側に移動するときスライドが引っかかるって、オレが今朝《けさ》文句を垂れたからだろう。

「マエストロ！」と、オレは呼んだ。「ただ今の状況について報告することはあるか？」

　つるつるピカピカのハゲ頭が、ちょいと動いた。マエストロはこっちを向かず、忙しそうに手を動かしながらひと言うめいた。

「クソくらえ、じゃ」

「銃座がぶっ壊れたって、オレのせいじゃねえぞ」

「おまえが乱暴に扱うからじゃ」

「言っとくけど、オレなんかマエストロの体重の半分くらいしかないんだからな」

マエストロはぎろりとこっちをにらむと、ようやく立ちあがった。作業着の前がグリースでべちょべちょに汚れている。

「おまえにはシップに対する〝愛〟というものがない。こいつはただの道具じゃねぇんだぞ。わしらの大事な足で、翼なんじゃ。わかっとるのか？」

あのD・Pの言葉を借りるならば、バケツにプロペラをくっつけた代物を愛する奴はいないだろ？ってことになる。

マエストロは、たぶんオレの四倍くらい歳をとっている。もっといってるかもしれない。とにかくジジイであることに間違いはない。けっこう長い付き合いなのに、聞くたんびに初耳のエピソードが吐露《とろ》されるので、それがジジイの人生のどのへんで起こった出来事なのか、さっぱり見当つかないのが困りものだ。緻密《ちみつ》に組み合わせてゆくと、どっかでツジツマが合わない話が出てくるはずだと、オレはにらんでいるんだが。

あのおっかさんD・Pは、マエストロのことを「木こりかペンキ屋さんみたいね」と評していた。作業着が吊りズボンだからって。ついでながら、オレのことは、「ハチマキを巻いたカウボーイ」と言った。腰にロープの束をぶら下げてるし、革の膝カバーを穿《は》いてるし、何より銃を持ってるからだそうだ。

「BNは？」と、マエストロは訊《き》いた。

「なーんにも。ぺったりと真っ暗だ」

マエストロは舌打ちをすると、汚れた両手を作業服にこすりつけながら周囲を見回した。

「このD・Pからは逃げやがったかな」

「それより、またペグソンにガセねた摑《つか》まされたんじゃねえの?」

ペグソンというのはオレたちと同じ賞金稼ぎ《バウンティ・ハンター》だが、肝っ玉の大きさときたらピンの先っちょくらいしかない。ただ、めちゃくちゃ感度のいい広角探査装置をいくつも持っているので、直接ミッションをこなすよりも、情報屋として仕事することの方が多い。で、三つにひとつは嘘《うそ》を言う。

ちょっと前に、拳《こぶし》から先に生まれたともっぱらの評判の新手の賞金稼ぎにガセねたを掴ませて、梯子《はしご》で殴られた。間が良かったのか悪かったのか、ペグソンはそのときウォーキング・オンの探査ヘルメットをかぶっていたので怪我《けが》はしなかったが、梯子がヘルメットにつっかえちまって、しばらくのあいだ、どこに行くにも前後にバランスを取りながら歩いていた。ちょうどいい、そのまま梯子に売り物をさげて行商をしろって、マエストロは笑っていたけど、本人は酒場のドアを通れないって泣いてたな。

「あいつは臆病《おくびょう》だから、後腐れのある嘘はつかねえ」と、マエストロは言った。「今度のターゲットは、ただの頭のいかれた強盗や人殺しとはモノが違うからな。ウィッケンだぞ。バリバリの政治犯じゃ」

「オレだったら〝テロリスト〟と呼ぶけどな」

「似たようなもんじゃ」

とは言い切れないという説もあるが。

「とにかく、ウィッケンはただ逃げてるだけじゃねえ。逃亡しながら手下に指示を出してる。今でも組織のボスなんだ。ペグソンが奴の居場所についていい加減な噂《うわさ》を流そうもんなら、黙っちゃいねえ」

そのとおりだ。ペグソンが朝起きて、てめえの右手と左手が昨夜寝る前と同じ場所にあるかどうか確かめるよりも早く、やっこさんを消してしまうだろう。

それにしても、オレは少々気が引ける。ミーム・

マシーンを通しても、やっぱ、オレたちの会話ってガラが悪いか？

「しかしまあ、このD・Pは、ウィッケンなんぞとは接点がなさそうな場《フィールド》の持ち主じゃな」

マエストロはデッキの手すりに手をついて、下をのぞいた。作業着のベルトに付けている工具が、手すりにぶら下げてあるチェーンだのストックパーツだのとふれあって、かちかちと音をたてる。

「だろ？　オレもウィッケンはここには来ねえと思うよ。ペグソンがホントのことを言ってるとしても、哨戒《しょうかい》用の先行波《ピット・ウェーブ》が通過しただけだったんじゃねえかな。さもなきゃアイドリングかましてるときに、たまたまヒットして共鳴したとかさ」

場《フィールド》は静まり返っている。見渡す限りの緑の野原、ところどころにきれいな花が咲いている。頭上の白い霧《フォッグ》はまだ高く、下降してくる様子もまったくない。D・Pは深く深くお眠りになっているということだ。

「ウィッケンがお花畑で拾われた捨て子だとかいうことがない限り、この場《フィールド》に惹《ひ》かれる理由なんかなさそうだぜ」

「彼奴《きゃつ》なら、お花畑に切り落とした裏切り者の首を捨てるくらいのことはしたろうよ」

「ま、それはアリかもしんないけどさ」

オレはブラブラとバレンシップ内に戻った。探知装置のモニターに変化はない。となると、まだまだお勉強の続きをしなくちゃならないわけだ。どこまで言ったっけ？　そうそう、実験機の暴走のところまでだったな。

人間の意識を肉体から切り離すという、このとんでもない機械は、試作初号機から数えて五代目で、ようやく完成をみた。で、研究員たちは、これに〝ビッグ・オールド・ワン〟という名前を与えた。

なんでこんな名前がついたかっていうと、改良に改良を重ねてできあがったこの機械が、結局、研究者たちの一部がはるか昔につくった試作品とよく似たフォルムを持ってたからなんだってさ。だから「古き良き懐かしのデカブツ」と呼んだってわけ。

そして、この実験計画全体には、〝プロジェクト・ナイトメア〟という名称がついていた。

ミーム・マシーンのお力で、オレは今さりげなく〝ナイトメア〟なんて言葉を使ってる。これって、あんたらの日本語にはもともと存在しなくて、ちゃんと日本語で言うならば「悪夢」って意味だろ？悪い夢。オレたちの原言語でも、もちろん同じ意味がある言葉をあてていたわけよ。

なんでまた、そんな縁起の悪い名称をくっつけたのか、一応は理由があるんだ。そもそもこの研究は、最初の時点では、人間の肉体から意識や人格の一部を分離させることができれば、過去の恐怖体験や辛い記憶に悩まされている人たちを、楽に治療することができるようになるのじゃないか——という着眼点からスタートしたものだったんだそうだ。〝意識の分離保存、ひいては移植による個人の不死化〟という大仰な目標は、その延長線上で出てきたものだったんだな。

前にも言ったけど、〝旧連邦〟成立前は、戦争続きの過酷な時代が続いたからね。恐ろしい戦争体験を引きずって、苦しんでいる連中が大勢いた。そういう人たちの苦しみを和らげるにはどうしたらいいか——と、科学者たちは考えた。そこから研究がスタートしたわけだ。なかなか泣かせるサイエンティスト魂だろ？だから、やがて研究目的が拡大されてからも、実験計画は、初期に命名されたものをそのまま引き継いでたってわけ。

でも、やっぱこの名称はまずかったよ。

マエストロはよく、「悪いことってのは口に出して言うとホントにそうなるから気をつけろ」って言う。あんたらでもそんなふうなことを言うかい？　とにかくマエストロはそういうツマンナイ教訓みたいなのをいっぱいに腹にため込んでるジジイで、オレはいつも聞き流してるんだけど、でも、こと〝プロジェクト・ナイトメア〟に関しては別だ。こいつは本物の悪夢を呼んだんだから。

悪夢の第一は、もちろんさっきも説明したあの暴走による大爆発だ。あれだけで、研究施設のあった町の人口の九割ぐらいが死んだ。でも、まだ続きがあったんだ。

悪夢の第二は、〝ビッグ・オールド・ワン〟の運転実験に使われた、被験者の人選が悪かったことに原因があった。繰り返し言ってるけど、これは初の人体実験だった。リスクはすごくでかい。被験者に志願する人間なんているはずがない。だから、連邦政府は、政府が確実にその命を握っている人間を選んだ。死んでもともとだ、ってことさ。

死刑囚だよ。

連続殺人者や強盗殺人の常習犯、テロリスト——えりすぐりの凶悪犯ばっかり、それはそれは素晴らしい顔ぶれだったらしいぜ。ズラリと六十人。当日の被験者には、このなかからさらに五人が選抜されていたそうだけど、残りの五十五人も、実験機の真下にあたる地下の特別拘置所にぶち込まれていたそうだから、危険区域内にいることでは同じようなものだった。

そして、〝ビッグ・オールド・ワン〟は暴走し、大爆発を起こした。

だが、実験そのものは成功していたんだ。なんでかっていうと、その死刑囚六十人の肉体から意識と人格が切り離されたからだよ。もっとも、十人はその場で死んじまったけど。

そして残りの五十人は逃げた。オレが連中でもそうしたろう。だって、こんなチャンスはないぜ。肉体を持たない意識――脳と神経でつくりあげられた電気的集合体となって、誰の目にもとまらず、どんな壁でも抜けられるようになって、宙に放たれたんだから。そりゃ逃げるさ。はい、サヨナラ。

で、どこへ逃げたかというとさ――え？　この話の流れでゆくと、見当がつくって？

だからさ、最初に謝っただろ？　悪かったよ。ごめんよ。

そうだよ。お祭しのとおり、あんたらの世界に逃げ込んだんだ。

4

ちょっと話を戻すと、〝ビッグ・オールド・ワン〟のことも〝プロジェクト・ナイトメア〟のことも、当時は連邦国家レベルの機密事項だった。だから、オレがたらたら説明してきたような事柄は、あの大惨事がきっかけになって連邦政府が倒れ、新しい連邦政府ができて、徹底調査をして初めてわかったことばっかりなんだ。

オレたちは普通、前の連邦政府を〝旧連邦〟、今の連邦政府を〝新連邦〟と呼んでいる。

実際問題として、ひとつの町が吹っ飛んで大勢の人が死んだというだけでは、〝旧連邦〟も倒れなかったかもしれない。国家って、そういう冷たいところを持ってるだろうからね。ただ、〝ビッグ・オールド・ワン〟の暴走爆発は、オレたちの世界の気候とか天気――この場合は気象っていうのかな――そういう自然環境にも、良くない影響を与えた。もともと陸地が少なくて、自然環境が厳しいってことは前にも言ったと思うけど、暴走爆発事故以降は、それがもっとひどくなってね。あっちで干ばつ、こっちで集中豪雨。おまけに、動力機関をすべて停止されてしまうような激しい磁気嵐も頻発するようになって、結果的にはそれで議会も行政機関もガタガタに壊れて、〝旧連邦〟はおじゃんになったんだ。で、急ごしらえの〝新連邦〟政府ができた。そして〝旧連邦〟の尻拭《しりぬぐ》いを引き受けることになったんだな。

暴走事故の後遺症で気象が狂っちまって以降のオレたちの世界は、たぶん、今のあんたらの世界――少なくともあんたらのニホンよりは、ずっと生活のレベルが低いと思うよ。オレらの世界でいちばん多く使われている動力は、あんたらとおなじ電力だけど、発電には、昔も今も水力と風力を使ってる。特に主力は風力発電だ。うーんと、何だっけ、「化石燃料」か？　あんたらが使ってる石油とか石炭とか。そういうものはオレらの世界では貴重品なんだ。でも、海を渡ってくる強風なら、一年中吹きすさんでるからね。風力なら売るほどある。だから、海っぺりにはズラリと発電所が建ち並んでた。

ところがこの発電所が、しょっちゅう磁気嵐に襲われるんだな。特に大陸の南部では、ほとんど毎日のように磁気嵐でシステムが停止しちまうんで、とうとう発電所を放棄する羽目になったところが多くてね。

電気のない生活っていったら、それだけでもあんたらには想像できないだろ？　うわ、原始的だって思うかもしれない。実際そうだからね。オレとマエストロが今住んでいる町だって、電力は限定配給制だから、一日おきに、夜は真っ暗さ。

〝新連邦〟は、そういう状態で船出したんだ。そうそう、オレに「子供のころの思い出」について尋ねたおっさんＤ・Ｐが、オレのこのあたりの話を聞いて、

「そりゃ、旧ソ連崩壊後のロシアみたいだなぁ」って言ってたことがある。「でも、ロシアも君たちのところほどひどくはないかもしれんがなぁ」ってさ。

それでも、〝新連邦〟政府は、少ない資金と人手をやりくりして、国のなかをなんとかおさめながら、暴走事故の調査にもとりかかったんだ。ところが、しょっぱなから困ったことに、〝旧連邦〟の研究機関が〝ビッグ・オールド・ワン〟の主要動力源として使っていたのはいったい何だったのか？　という謎を解かないことには、事故現場にうかつに立ち入ることさえできなかった。それが電力ではないことはわかっていた。じゃ、何なのか？　いったいどんなシロモノから、これだけのパワーを引き出したのか？　その動力源は暴走事故の後も残っているのか？　近づいても人体に危険はないのか？

これらのギモンは、でも、ひっくり返して考えるならば、ちょこっとだけ希望でもあった。だって、もしも〝ビッグ・オールド・ワン〟の主要動力源が今でも入手可能で、そのメカニズムが解明できたならば、気象の急変であてにできなくなった風力発電の代わりに利用できるじゃないか。そしたらオレらの世界も、暴走事故以前と同じ文明と生活レベルを取り戻すことができるかもしれない。〝新連邦〟にはそういう色気もあったから、ま、熱心にならざるを得ないという面もあった。

というわけで、貴重な電力を使って遠隔操作のカメラを何台も犠牲《ぎせい》にしながら調査にとりかかると、研究施設は町の大半を道連れに、ほとんど蒸発したみたいに消え失せていることがわかったわけだ。そしてその後に、直径二キロぐらいの大きさの、一種の〝抜け穴〟ができているってことも。

ドレクスラー博士は、一般に使われている「次元に穴があいた」という表現は正しくないと言ってる。「短時間に一ヵ所で高々度に集中された波動エネルギーが時間軸をねじ曲げ、部分的に癒着《ゆちゃく》させたのだ」とか言ってる。

オレにとってはどっちでも同じだ。つまり、その

〝抜け穴〟は、オレたちの世界から、あんたらの世界に向かってまっすぐに突き抜けてるというわけよ。そして被験者として拘置されていた凶悪犯たちも、ここを通ってあんたらの世界へ逃げ込んだんだ。

今ではオレも賞金稼ぎ《バウンティ・ハンター》の一員だから、バレンシップに乗っちゃあ、日常的にこの〝抜け穴〟を出たり入ったりしてるわけだけど、それでも最初にシップの窓からこいつをのぞきこんだときには、腰を抜かしそうになったもんだ。なんていうのかな、ただ真っ白な光が、水みたいにひたひたと穴の縁まで押し寄せてきてるんだ。それ以外は何も見えない。ときどき放電現象が起こって、真ん中あたりがチカチカと白金色に輝くこともあるけど、それも神経に突き刺さるみたいで不愉快だ。そうでなくたって、まともには二秒と見つめていられないほどの、目ン玉の裏側まで乾いちゃうような光だからな。

だからオレも、マエストロに計算尺でひっぱたかれながらジャック・インとアウトの軌道計算のお稽《けい》古《こ》をしてるころから、着席したらゴーグル着用、このルールだけは厳守してる。〝抜け穴〟に満ちてる光は、あの日オレが託児所の庭から見た剣のような光と同じものなのだろうから、ママンの「光を見ちゃダメ！」という直感的警告は、ズバリとあたっていたってことになるな。

〝抜け穴〟に飛び込むと、頭のいちばん奥のいちばん隅っこ、埃《ほこり》がたまってるようなところまで光で真っ白になって、雑音みたいなものが耳の底でうわんうわん唸《うな》る。どうかすると気分が悪くなるので、オレたちは、これを〝通過酔い《パス・シック》〟って呼んでるんだけどね。賞金稼ぎのなかにも、体質なのかな、こいつに慣れられなくて、メロメロになっちまうのがいる。そういう奴は早めに商売替えしないといけない。〝抜け穴〟を通るたびに、廃人への階段をあがってるわけだからさ。〝案内人〟あがりの賞金稼ぎで、まだ四十いくつの歳で、てめえの口と爪先《つまさき》の区別もつかないくらいゲロゲロにおかしくなって死んだ奴を解剖したら、脳がトロトロに溶けてたっていう、コワイ噂を聞いたこともあるよ。

さて、ようやく〝抜け穴〟を発見して、〝新連邦〟のお偉方が椅子から転げ落ちるほど驚いているところに、災害対策本部にはおかしな情報が集まりつつあった。

〝抜け穴〟に設置した光電子探知装置が、ときどき、人間の脳波によく似た微弱な電流の波形をキャッチする——というんだ。ほとんどかすかなノイズみたいなレベルのものなんだけど、どう調べても脳波としか思えないって。

災害対策本部は考えた——ひょっとするとこれは、〝プロジェクト・ナイトメア〟が、不幸にも、部分的には成功したということじゃないかって。つまり、暴走事故で命を落とした誰かの意識や人格が、肉体から分離されて〝抜け穴〟のなかに残っているんじゃないのか、と。

暴走事故では大勢の人たちが死んだけど、彼らの遺体はまったく回収されていない。建物も施設も蒸発してしまったくらいの熱で、みんな溶けちゃったからだ。だから、理屈の上ではその脳波もどきが誰のものであってもおかしくはない。研究者のでもいいし、実験に立ち会っていた議員のものでもいい。

でも現実的には、やっぱり、〝ビッグ・オールド・ワン〟に近い場所にいた被験者たちの脳波である可能性が、いちばん高い。

あんたらの世界でもそうらしいけど、オレらの世界でも、町の病院や診療所ではかってもらうレベルの脳波じゃ、個体識別なんてできやしない。でも、〝プロジェクト・ナイトメア〟で開発した脳波測定技術では、それができた。まあ、たとえば「あんた」っていう人から意識や人格を分離するってことは、分離したモノが確かにもとの「あんた」の意識や人格と同じものですと証明できて初めて「成功だ!」ってことなわけだから、そういう技術を開発していて当然だ。

その特殊な脳波測定技術は「ガッシング」と呼ばれている。これは今では〝新連邦〟の「ゼロ地点対策本部内特別管理課」というところで一手に行われていて、オレたち賞金稼ぎの元締めである〝ロッジ〟でさえタッチすることができない。ただ情報をもらうだけだ。「ガッシング」のノウハウと必要な機材の基本設計図が、あの研究施設だけではなく、〝旧連邦〟議会直属の科学開発団本部にも保存されていたのは、とても幸運なことだった。

オレらにとってではなく、あんたらにとって。

六十人の死刑囚たちは、被験者として選ばれた時点で全員「ガッシング」による脳波測定を受け、その記録のコピーも、科学開発団に保管されていた。で、災害対策本部では、〝抜け穴〟で拾った脳波に似たノイズを、これらの記録とぶつけてみた。

その結果、彼らの心配は、ただの取り越し苦労じゃなかったってことがわかった。〝抜け穴〟には、六十人のうち、五十人分のガッシング脳波が存在していた。いつもそこに在るわけじゃなくて、いたりいなかったり、微弱だったりちょっとはっきりしていたり、状態に変化があることもわかった。

つまり、五十人の死刑囚たちの意識は、移動しているんだ。

こうして、奴らは本当に逃亡したんだということがはっきりしたという次第さ。〝抜け穴〟の向こうへね。

ひょっとするとあんた、今すっごく暗い気持ちになってるかもしれないな。でも、しっかりしてくれよ。まだ先があるんだから。

5

昇降扉をぱっかんと開けて、マエストロがよっこらしょと入ってきた。

「モニターは?」

「変化なしだよン」

「しょうがねぇ、今日は引き揚げるか。バッテリーはどうじゃ」

マエストロは昇降扉脇にあるBバッテリーの数値を確認した。オレも首をよじってそっちを見たが、補助エンジン用の方が、まだ半分くらいしか数値があがってないのがすぐにわかった。バレンシップは、運航用エンジンをふたつ載っけてる。万にひとつ、これがどっちも動かなくなったときのために、船底の格納スペースにくっつけてあるのが補助エンジンで、どちらもBN駆動式第二世代仕様《バージョン2》だ。それを聞いただけで、マエストロとオレが慢性金欠病だってことがわかるだろ? って、わかんねェか。大半の賞金稼ぎたちが乗り回す高速接続探査艇《ハイ・スピード・ジャッキング・サーチ・シップ》の、今の主流は第四世代仕様《バージョン4》、災害対策本部の哨戒艇や、″ロッジ″の救助艇には第五世代仕様《バージョン5》も導入されているんだ。つまり、オレらの船はよく言えば丈夫で長持ち、悪く言えば、ポンコツってことよ。

古い艇と新しい艇の何が違うかと言ったら、やっぱりエンジン出力と燃費だ。ただ、バレンシップの場合は、もともとスピードやパワーよりも機能性重視、特に潜入探査向けの静音性を重視してるので、出力の方は最初から期待されてない。それでも、燃費はいい方がいいに決まってるんだが、エンジンはとにかく高価なんで、小規模の追跡ミッションの報酬なんかじゃ、全然足りないんだ。でっかい捕獲ミッションを、三、四回続けて成功させないと、手が出ない。

「おめえ、この前のジャック・アウトで、何回空ぶかしした?」

　メーターをにらみながら、マエストロが背中で訊いた。

「なんべんやったかなぁ。三回ぐらい?　四回だったっけ?」

「六回じゃ、わしはちゃんと数えておったんじゃ、このアホが」マエストロは凶悪な顔で振り返った。「それがメインバッテリーを喰《く》いきったんで、補助エンジンのバッテリーまで使い果たす羽目になったんじゃねえか」

　覚えてるなら、オレに訊くなよ。

「なあ、マエストロ。オレ、ミーム・マシーンでお稽古してるとこなんだよ」

「百年でもやっとれ」

「いいのかい?　そんな悪態ついて。ミーム・マシーンの言語トレーニングのときは、場《フィールド》をつくってるＤ・Ｐに共振してる、どこの誰に聞こえてるかわかったもんじゃないんだぜ?　今オレらのやりとりを聞いてるあっち側の人たちのなかには、マエストロの大好きなウレウレのマダムだっているかもしんないんだぜ?」

「そのウレウレのマダムっちゅうのは何だ?」

「しらばっくれてんじゃねえよ、このハゲ。前のミッションで会ったミチコとかいうおばさんのＤ・Ｐのことを、あとで言ってたじゃねえか。けっこう美人でウレウレのマダムでなかなかよろしかった、なんてさ」

　マエストロが蹴りを出してきたので、オレは素早く横っ飛びに逃げた。マエストロの重層ブーツの爪先が、モニター前のシートに激突してシートの座面が右にかしいだ。こんなことばっかりやってるから、あんたしょっちゅうシップのどこかしらを修繕しなくちゃならないんだぜ、わかってねぇな、ジジイ。

マエストロはぷんぷん怒って——ジジイが怒ってるときは、頭がつる光りするのですごくわかりやすい——宣言した。

「わしはちっとそこらを歩いてくる。モニターの前から離れたら、ズボンをひん剝《む》いて〝ロッジ〟の中庭に突き落としてくれるからな！」

「承知しましたぁ」

オレの敬礼を無視して、マエストロはひとしきり「わしの探査ヘルメットはどこじゃ？」とか暴れたあげく、やっと外へ出ていった。

あのジジイにズカズカ歩き回られたんじゃ、このD・Pもさぞかし迷惑することだろう。目が覚めてから、半日ぐらいは偏頭痛に悩まされるかもしれないな。ドレクスラー博士は、オレたちが〝場《フィールド》〟でどれだけ暴れたって、それがD・Pに身体的変化をもたらすはずはないって言うけど、オレはあんまり信用してない。あんたもそう思わないかい？　他人の思念が夢のなかに入り込んですったもんだしたら、どこかしら痛くなったり痒《かゆ》くなったりしそうなもんじゃないか。こういうことは、理屈よりは感覚だ。

っと、また先走ったかな？　よし、オレの状況解説も、もう大詰めだ。マエストロが消えたから、またお上品モードに戻ろうか。

これを聞いてるあんたが常識的なヒトであるならば、ここまでの半分までも聞かないうちに、

「まったく、このガキはよくもまあ嘘八百を並べたもんだよ」

と思ったことだろう。人間の身体から、意識や思念や人格だけを切り離すだと？　できるわけがないよ、と。

人間の意識や思念や人格ってものも、そもそもの土台となってる記憶ってものも、煎《せん》じ詰めればすべて電気的信号だ。そしてその信号を発するための電力は、人体という発電器がつくりだしている。だ

から、身体がないところには意識も記憶も思念も存在しない。発電機がなければ、電力もないいんだから当然だよな。

だから、〝プロジェクト・ナイトメア〟にからんでた科学者たちは、人体という電源を失っても、そこでつくり出されていた電気的信号を、ひとまとまりの統一された信号の集合として留めておくだけの器——言い換えれば媒体だ——を、独自につくればいいと考えた。そしてその器に、人体に替わって電力を供給してくれる動力源があればいい。

ここで思い出してくれ。オレはさっきも動力源の話をしたろ？　〝ビッグ・オールド・ワン〟を動かしていた、途方もないパワーを生む動力源の話だ。

そう、ふたつの動力源は同じものだった。〝プロジェクト・ナイトメア〟の科学者たちは、オレらの世界のなかで、それを見つけだしていたんだ。

どろどろぐちゃぐちゃの海のなかの、ある限られた海域の海底から、それを掘り出した。そう、そいつは鉱物資源でね。当時も今も、〝スタッフ〟と呼ばれてる。オレは現物を見たことはないけど、白くてペトペトしていて、なんだか食べ物みたいに見えるっていう話だ。なめてみたら甘かったとかいう噂もあるが、これはおそらく嘘だろう。

〝ビッグ・オールド・ワン〟が暴走したとき、そのシステム内部で、大量の〝スタッフ〟が瞬時に気化した。そして、同じく一瞬のうちにエアロゾル状態になってしまった囚人たちの電気的信号を吸い込んで、ひとつひとつの〝個体〟として留めたんだ。これは本当に偶然の出来事で、だからこそ六十人全員の身の上に同じことが起こったわけではなかったんだ。

〝スタッフ〟だって、それだけ単体でぽんと置かれたら、動力源としては機能しない。しかし、あの場では事情が違った。それらは爆発の熱エネルギーをも、囚人たちの電気的信号と一緒に内部に取り込んでいたからだ。そしてそれらの〝個体〟は、爆発の勢いで突き抜けた〝抜け穴〟を、爆風とともに凄い勢いで運ばれていった——

だいたいこういうことだったろうという推測が固まる以前から、災害対策本部では〝抜け穴〟の警備を厳重にして、囚人たちがこっち側に戻ってくることがあったなら、すぐにわかるように見張っていた。そのころはまだ、どうやったら〝スタッフ〟と同化した彼らを捕まえることができるのか、その方法は見当もついていなかったんだけど、とにかく監視はしていたんだ。

でも、彼らはこっち側には戻ってこなかった。戻りたくても戻れないのかもしれない。爆発のエネルギーは、こっちからあんたら側に向かって動いたわけで、そこで形成されたエネルギーの流れには、彼らの個体レベルの力では逆らえないんじゃないかという説が、今ンところは主流だ。

そこで、〝新連邦〟のお偉方たちは考えた。

さて、どうしたもんだろう?

五十人もの凶悪犯が、〝抜け穴〟の向こうに行ってしまった。どう処置するべきだろうか?

放っておいてもいいじゃないかという意見は多かった。おっと、そんな無責任なと怒られる前に、こういう議論をしているときはまだ、〝抜け穴〟がどこにつながっているのか、オレたちには全然わかっていなかったってことを言っておきたい。つまりその時点では、〝新連邦〟の政治家たちとしては、きわめて珍しい形ではあるけれど、これを「流刑」と定義しようと思っても、何の不都合もなかったんだ。

ここでようやく〝案内人《シーカー》〟たちが登場する。すでにオレは何度かこの言葉を使ってきた。〝案内人〟とは、災害対策本部の活動とはぜーんぜん無関係に、勝手に、〝抜け穴〟探索をやっていた連中のことだ。

どんな連中かと言えば、何がなんだかわからないけど世界に穴があいて、どこかに通じたらしい、その先にはひょっとするとどえらい金目のものが転がってるかもしれねえぞと考えた、お気楽で命知らずの連中だ。

　彼らは災害対策本部の警備の目をかいくぐり、自前の飛行艇で〝抜け穴〟に飛び込んだ。飛び込んだきり帰ってこない者も少なくなかった。それでひるんでるようじゃ、金目のものにはありつけない。で、また飛び込む。ぞくぞく飛び込む。そうこうするうちに、運良く成果をあげて帰還する奴らも出てきて、彼らは、遠隔操作カメラを〝抜け穴〟に落っことすことぐらいしかやってなかった災害対策本部よりも、〝抜け穴〟について詳しい知識を得るようになってきた。

　〝抜け穴〟があんたらの世界に通じてるってことを発見したのも、そういう無鉄砲な〝案内人〟たちだったんだよ。そうそう、あんたらの世界では、ときどき「空飛ぶ円盤」とかいうものが目撃されるんだってね。よくわかんない円盤みたいなもんとか、細長い棒みたいなもんが空を飛んでて、あっという間にどこかに消えちまうって。

　それって、全部が全部ってわけじゃないけど、〝案内人〟のシップだった可能性はアリアリだぜ。特に形がね、円盤型だったら絶対にそうだ。バレンシップさ。あんたも見たことある？　ビックリさせたとしたら、悪いことをしたね。

　〝抜け穴〟の先には、オレたちとよく似てるけど別の人類がいて、別の文明を築いてる。五十人の凶悪犯たちは、そこへ逃げ込んだんだ――そうわかった以上は、「流刑」だなんて言って澄ましてはいられなくなった。凶悪犯たちがあんたたちの世界で暴れ回るのは目に見えてるし、万が一奴らが、あんたらの世界の科学技術に触れて、そいつを取り込んで

——それほど利口な奴ばっかりじゃなかったけど、でも他人を丸め込むのは上手《うま》い奴が多かったからさ——オレらの世界では太刀打ちできないような格好に武装して戻ってきたら、今度こそ本当にとんでもないことになる。

仕方がない、探して捕まえて連れ戻しましょうということになった。

ところが〝新連邦〟には金もなければ人材も足りない。国が荒れてるんで軍隊や治安部隊を〝抜け穴〟にぽいぽい放り込むわけにもいかない。

政治家ってのは、そういうときには開き直るんだね。あんたらはそれを「民活」っていうんだって？

彼らは〝案内人〟たちに頼ることにした。五十人の凶悪犯の首に懸賞金をかけて、捕まえてきたら払ってやるよと、大々的にぶちあげたんだ。もともと一攫千金《いっかくせんきん》狙いの〝案内人〟たちのことだ、ノリノリで請け負った。

まず、彼らは集まって政府と協議して、正式に〝ロッジ〟という元締め機関を結成した。そして、個々の〝案内人〟たちが勝手な行動をとらないよう、相互に監視しあうために、ライセンス制度をつくりあげた。政府としては、金に目のない賞金稼ぎたちが、凶悪犯に懐柔されて、こっそり彼らをこっち側に連れ帰ったり、凶悪犯の身内やシンパの連中が、最初からその目的で賞金稼ぎになることを、未然に防ぐのが何よりも大事だったからね。

一方で災害対策本部の科学者たちは、大車輪で研究を進めて、逃亡した凶悪犯たちは肉体を持ち合わせていないのだから、あんたらの世界に行ったとしても、そのままでは、いわゆるあたりまえの人間として道を歩き回ったり、女の子をさらったり駅に爆弾をしかけたりすることはできない、百パーセントできないという確信を得た。じゃあ、彼らはどこでどうしているのか？　あんたらの世界で、何を目指すだろうか?

　あんたらの世界の人間の肉体を乗っ取ることを狙うだろう。そしてその入口には、「夢」が使われることになるだろう。

　夢も人間の脳のなかで起こる電気的反応のひとつだ。ただ、その夢を見ている本人の意思でコントロールすることは、とても難しい。意識つまり電気的集合体となった凶悪犯たちが、あんたらの世界の人間たちの脳が発する電気的信号に惹《ひ》かれて、そこに割り込み、そこを乗っ取って自分用の信号を発するシステムにつくり直すことを望むならば、あんたらがいちばん無防備に、単なる発電機と化して眠っているときに、夢という場《フィールド》に侵略するという形をとる可能性が、いちばん高い。

　そうなれば話は簡単——でもないが、道は見えたも同然だ。災害対策本部の科学者たちは、残されていた〝ビッグ・オールド・ワン〟の記録と資料を土台に研究を立て直し、〝抜け穴〟賞金稼ぎたちをシップごと電気的信号化して〝抜け穴〟に送り込む装置を開発した。賞金稼ぎたちは、あんたらの世界の誰かさんの夢の場にいるあいだは、その誰かさんが身体という生体発電所でせっせとつくっている電力を動力として使わせてもらう。〝抜け穴〟の行き帰りにも、そこでバッテリーに蓄えさせてもらった電力を使う。だから〝新連邦〟としちゃ、装置のメンテナンス費用と賞金を負担するだけで済んじまうんだな、これが。

　その装置の開発に並行してミーム・マシーンの開発も進められ、その段階で、いくつかの「賞金稼ぎ公用語」ができた。あんたらの世界でもっとも広く使われている言語は「英語」という言語であるっていうんで、
　オレたちがジャック・インして探査する夢見る誰かさんのことを「D・P《ドリーミング・パーソン》」と呼ぶ。

夢の場のことを「D・F《ドリーミング・フィールド》」と呼ぶ。

　夢の場で探知される、その夢の持ち主（というか生み主）の脳波とは違う波形のことを「B・N《ブレイン・ノイズ》」と呼ぶ。これが逃亡した凶悪犯たちのガッシング脳波と一致したら、それは彼らがその場にいるという証拠だ。

　そしてオレたち賞金稼ぎは別名「D・B」。

　ドリームバスター。ってなことで、今後ともヨロシク！　というわけなのさ。

6

　自分の人生にだって、何かしら波乱が訪れることが、いつかはあるだろう――

　誰だって、そんなことを考えるものだ。その波乱が、どんな種類の出来事であるかはわからない。できれば良い事であってほしいけれど、悪い事が襲いかかってくることだってあり得るし、それも可能性として読み込んでおかねば、あまりに能天気というものだろう。

　大恋愛をするのかもしれないし、宝くじに当たって悠々自適で暮らせるようになるのかもしれない。上司の命令でやった業務が法に触れる種類のもので、警察に引っ張られてしまうのかもしれない。ほんの一瞬の居眠り運転で事故を起こしてしまうのかもしれないし、ちょっと一杯ぐらいだからいいじゃんか？　と飲酒したドライバーの車に撥《は》ねられるのかもしれない。

　いずれにしろ、波乱は波乱だ。人生を土台から揺るがすアクシデント。その内容は様々でも、ドラマチックで衝撃的という点では共通するものがある。それが良い事ならば、何かを得られる。悪い事ならば、何かを失う。でも、得ることで失うものもあれば、失うことで得るものもあるのが人生ならば、どっちにしたって〝波乱〟は何かを運び込んで来るものだと言えまいか？　いつ、どこで、どんなふうに訪れるか予想はできないが、誰の人生にも一度は起こる——

本村伸吾《もとむらしんご》の身の上にも、それは起こった。二〇〇一年二月の十日。奇《く》しくも彼の二十七回目の誕生日に、それは訪れた。

それは、そんなに華々しい出来事ではなかった。実のところ、危険でもなかった。良い事ではなさそうなのは確かだが、では悪い事かというと、すぐには判断が下しにくい。そういう種類の波乱だった。

救急処置室から出てきた看護師は、伸吾よりも少し年上の感じだが、たいそうな美人だった。つぶらな瞳《ひとみ》、白い頬。制服の裾《すそ》からすらりと伸びた臑《すね》がきれいで、姿勢が良い。ところが、声はちょっとかすれたような鼻声で、それがまた魅力的だった。そして彼女はその声で、こんなことを言ったのだ。

「あなたが本村さんの息子さんですね？　お父様は手術を受けることになりました。詳しいことは、すぐに担当医がご説明しますけれど、手術では輸血が必要です。ご家族にご協力をいただくことがあるかもしれませんので、血液型を教えていただけますか？」

小一時間前、父が「腹が痛くて痛くて、もう我慢できん！」と、わめき始めたとき、伸吾はちょうど風呂あがりで、バスタオル一枚を腰に巻いただけの格好だった。あわててジャージを着込み、ろくに髪も乾かさずに救急車に乗り込んだので、救急外来の待合室にいるあいだに、すっかり身体が冷えてしまった。鼻がムズムズして、今にもくしゃみが飛び出しそうだ。美人の看護師さんに、面と向かってくしゃみをぶつけてはいけないので、あわてて鼻を押さえながら返事をした。

「僕はＡＢ型です。入社の時に健康診断で調べましたから、確かです。父の血液型は――何しろ医者嫌いなんで、今まで調べたことがあるかどうかもわからなくて」

美人の看護師さんはニッコリした。「お父様の方は検査しましたから、大丈夫ですよ。O型です。ほかにご家族の方はおいでになっていますか?」

もちろん彼女には、伸吾がなぜ急にポカンとしてしまったのか、理由がわかるはずがない。クリップボードを片手に、〝救急患者家族励まし用、ただし乱用は禁止〟の微笑を浮かべたまま、二人のあいだの空白を、四秒ほど辛抱した。それから、

「もしもし、本村さん?」と呼びかけた。

「え? ああ、スミマセン」伸吾は水からあがった犬のようにぶるぶるした。もう少し髪が濡れていたなら、ホントに水滴をまき散らしたかもしれない。

「付き添いは僕だけです。母は旅行に出てまして、さっき旅館に電話しました。伊勢旅行なんですよ、町内の婦人会の」

「そうですか。それじゃ、もうしばらくここでお待ちくださいね」

ナースシューズの踵《かかと》をキュッと鳴らして、看護師は廊下を歩み去った。伸吾はがらんとした真っ白な廊下に取り残され、蛍光灯のまぶしさに目をしばたきながら、ぽつんと突っ立っていた。

しばらくして、やっと足を動かし、廊下の長いベンチに腰をおろした。思い出したようにくしゃみをした。ひとつ、ふたつ、みっつ。急に寒くなった。

自分の耳で聞いたことだ。はっきりと聞き取れた。言葉としては、全然難しい種類のことじゃない。お父様の血液型はO型です。中学生だって、和文英訳できるくらいの文章だ。そして伸吾はAB型だ。そして母は、母の血液型と言えば――

おふくろ。

母のぽっちゃりとした顔が目に浮かぶ。三年も前

から婦人会で積み立てをして、楽しみにしていたお伊勢参りだった。それでも、旅行に出る数日前に、伸吾のところに電話をかけてきて、半分怒り、半分笑いながら言っていた。

——お父さんが、このところ「腹具合が悪い」ってコボしてるのよ。あたしが旅行に行っちゃうもんで、また機嫌を損ねてるんだと思うの。まったく子供みたいなんだから。悪いんだけど、伸吾、あたしが留守のあいだ、会社の帰りに寄って、お父さんの様子を見てやってくれる？　一人きりだと、またご飯も食べずにムクれてるだけだろうから。忙しいようなら、無理は言わないけど。

伸吾は笑って引き受けた。この不景気で、残業したくても仕事がない。会社はきっちり定時に退《ひ》ける。母さんがいないあいだ、毎晩実家に寄って、親父と一緒に夕飯を食うよ。二人なら外食でもいいし。居酒屋にでも連れて行くよ。

父ときたら、母がいないと、湯を沸かすこともできない。外出する母が、温めればすぐ食べられるように食事を準備していっても、一人で食う飯なんか味気なくて嫌だと、冷蔵庫を開けてみることさえしない。そして母が帰宅すると、「俺を一人で放っておいて、飢え死にさせる気か？　おまえだけ旨《うま》いもの食ってきやがって」と、いかにも分からず屋ふうの悪態をつくのだ。

母が出かけるというと、「歯が痛い」だの「風邪を引いた」だの、グチグチとゴネるのもいつもの癖だった。だが、そんな父も、今度ばかりは本当に具合が悪かったのだ。旅先の母は仰天して、夕飯の時に飲んだビールも醒《さ》めちゃったと言っていた。明日の朝いちばんの電車で帰るからね——

おふくろ。おふくろがここにいなくて良かったのか、悪かったのか。きっと良かったんだろう。さっきの看護師さんの言葉が間違いでないなら、あれはおふくろと一緒に聞いていいような事柄じゃなかった。

もしも母がお伊勢参りに出かけていなければ、救急車に同乗するのは当然のことながら母の役目で、手術前のこんな細かな手続きや聞き取りも、みんな母が済ませてくれて、疑わしい病名が判明し、父が手術室に運び込まれ、待合室で一人になってから、ようやく伸吾に連絡してきたことだろう。もしもし伸吾、びっくりしないでね、お父さんが――

それならば、父の血液型など問題にならない。伸吾の血液型も問題にならない。看護師に尋ねられることだってなかったろう。

医者が嫌いで病院が嫌い、薬も大嫌いという父とは対照的に、母はちょっとした風邪でも律儀に医者にかかる。かかりつけの医院も近所にある。若いころ、病院で賄《まかな》いの仕事をしていた時期があったせいか、医療機関を身近に感じているのだろう。あの先生は親切だとか、あの医院の看護師さんは口が悪いとか、あの診療所で出してくれる咳《せき》止めはよく効くとか、細かいこともよく知っている。

――おかげさまであたしは健康だから。

そう言って、伸吾の記憶にある限りでは、三十代の半ばくらいからだったろうか。年に一度、自分の誕生日に、必ず献血するようにしている。ついでに健康診断にもなるからと、ちゃっかりしたようなことを言っているけれど、二十年以上もその習慣を守るには、それなりに善意の意思だって必要なはずだ。だから伸吾は、母の血液型を知っている。献血カードを見せてもらって知っている。二十年以上、毎年調べているようなものだ。そこに間違いがあるはずがない。

母はA型である。

伸吾は医者ではないし、今の仕事は、医療機関とは何の関わりもない。清涼飲料水のボトリングと販売をしている会社だ。日本中に数ある病院のなかには、待合室に伸吾の勤める会社の自販機を設置しているところもあるだろう。だが、彼自身は経理課員だから、得意先には行かない。幸いにして健康体だから、年に一度、社の駐車場に成人検診の車がやって来るとき以外、診察や検査を受けたこともない。

それでも、たまにテレビのサスペンスドラマを観たり、推理小説をパラパラ読んだりしていれば、血液型に関する初歩的な知識ぐらいは得るものだ。ほとんど雑学のレベルで身につくものだ。親と子。血液型の組み合わせ。

母がA型で父がO型ならば、子供はA型かO型であるはずだ。ＡＢ型ということはあり得ない。

あり得ない。

あり得ない。

でも、伸吾はＡＢ型なのである。

今のところは平和で平凡、とりたてて特徴があるわけでもない自分の人生にも、いつかは何かの形で波乱が起こるだろう。本村伸吾もそう考えていた。漠然とした予想のなかで、ある変化をもたらすに違いないそういう波乱を、ちょっと楽しみにしているようなところもあった。多くの人たちと同じに。多くの人たちが望むのと同じ心で。

それにしたって、こんな形の波乱だとは、夢にも思っていなかった。こんな疑惑。こんな疑問。

父と母は、本当の父と母ではない？

笑ってしまう。こんな話、ひと昔前の少女マンガの筋書きみたいだ。僕はもういい歳の男だ。多感な少女じゃない。自分の出自に、目もくらむような遺産や資産がからむわけでもない。父は腕のいい印刷工だが、何度独立を勧められても断って、小さな会社ばかりを転々として、最後にそしていちばん長く在籍した都内の活版印刷会社を、去年の暮に定年退職したばかりだ。退職金は雀の涙。失業保険の給付はとっくに終わったが、再就職しようにもクチがなく、家でブラブラしていて怒りっぽい。おかげで、めでたく厚生年金が満額もらえる六十五歳になるまでは、母がパートで稼いでくる賃金と、貯金を取り崩して暮らしていかねばならない。一人息子の伸吾も安月給の社員寮暮らし、両親には、年に二度のボーナスシーズンに、気持ちばかりの小遣いを渡せるだけ。それでも母は、あたしらに小遣いをくれるくらいなら、自分のために貯金しなさいと言う。結婚資金にね。あんた、まだいい人はできないの？

　そんな家庭だ。質素な家だ。子供の出自が問われるというような筋書きの舞台に、いちばんふさわしくない設定じゃないか。あまりにも華がない。低予算の昼メロだとしても、せめて主人公を女性にするくらいの気はきかせるだろう。

　でも、今ここで直面しているのはドラマではなく、現実なのだ。

　誰もいない白い廊下で、伸吾は自分の額をぴしゃりと打った。妙に湿っぽい音がした。

7

　手術後に運び込まれた安静室は、集中治療室のようなガラス張りではなく、薄暗い室内にベッドが二台、それぞれのまわりにダークグリーンのカーテンが巡らされている。

　酸素マスクを付け、点滴のチューブを腕から生やして、父は仰向けに横たわっていた。ひとまわり縮んだように小さく感じるのは、きっとこちらの気持ちのせいだろう。

　担当医は三十歳くらいの体格のいい男性で、闊達《かったつ》に早口によくしゃべった。胃穿孔《いせんこう》ですね。胃に穴があいたんです。胃潰瘍《いかいよう》ができては治り、できては治りした痕が、両手に余るほどありましたよ。だいぶ以前から、胃の具合が良くなかったんじゃないですか？　手術は上手くいきましたから、今回はすぐに元気になると思いますが、今後は食生活に気をつけないといけませんね。年齢的にもね。少し、血圧も高いようですし。

　完全看護で、付き添いは必要ない。というより許されない。眠り顔をながめただけで、伸吾は外に出され、帰宅することになった。

　救急外来の待合室に戻ると、バイクで事故を起こしたという若者が運びこまれていて、ストレッチャーの上でうんうん唸っていた。右の頬にすごい擦《す》り傷ができている。そばについている若者も、ひと目でバイク乗りだとわかる派手な出で立ちだ。

　怪我人は、看護師に、手当てするには革のツーリング・ウエアをハサミで切らなければならないと言われて、まだローンが半分残っているんだと泣き声を出した。

「切らないで済むように、オレ、自分で脱ぎますから」

「足の骨が折れてるのに、無理ですよ」

「そこを何とか！」

　騒々しいやりとりを背中に、伸吾は伊勢の旅館に電話をかけた。五人ひと組の部屋割りだというが、飛びつくように電話に出てきた母の声の背後はひっそりとしていた。せっかくの旅行なのに、夫が急病で入院したという母の気持ちを思いやって、相部屋のおばさんたちも、静かにしてくれているのだろう。

　担当医の話を繰り返して説明し、命に別状はない、心配ないと言ってきかせると、母の声がやっと和らいだ。

「お父さんねえ、お酒も飲むし、辛いものとか熱いものとか、脂っこいものばっかりが好きでしょう。胃も悪くなるわよねえ」

「胃穿孔って、そう珍しいことじゃないよ。うちの上司も昔、居酒屋で飲んでて血を吐いて、病院にかつぎ込まれたことがあるって。その人も、すごい大酒飲みだからね」

「やっぱりお酒がいちばんいけないのよね」

「食生活を見直してくださいって、先生に言われた」

手術が上手くいったと聞いて、安堵《あんど》はしたものの、距離を隔てていることの不安から、母は多弁だった。父のことをしゃべってしゃべって、せめて気持ちだけでも病室に近づきたい——そんな想いが伝わってきた。

伸吾は何度か、母に問いかけようと思った。母さん、今年も献血したよな？　だが、そのあとの言葉が続かない。想定問答集をつくることができない。血液型では、僕は父さんと母さんの子供ではあり得ないんだけど、そこんところどう思う？

結局何も言えずに電話を切り、家に帰った。社員寮の自室ではなく、実家に。そうでなくても、今夜は実家に泊まるつもりでいたが、まさかこんな展開になるとは。

救急隊員にも念を押されたし、自分でもちゃんと戸締まりをしたつもりだったのだけれど、裏口の戸と、台所の窓が開いていた。風呂上がりに冷蔵庫から出して、プルタブを引いたまま、テーブルの上に置き去りにした缶ビールが、すっかりぬるくなっていた。

何だか、悪い夢を見てるみたいだった。

そんな気持ちのまま布団に入ったからだろう、伸吾は本当に夢を見た。色つきの、とてもくっきりと鮮やかな夢だった。質感がある——足の裏の地面の感触、頬に触れる微風。

伸吾は日頃、ほとんど夢を見ない。だから、こんなことは珍しいな——と、自身の夢のなかで考えた。やっぱり親父の急病で、心にストレスがかかったからだろうか。

会社の同僚たちは、学生時代はとっくに終わったのに、今でも試験の夢を見るという。もうすぐ終了時間だというのに、白紙の答案用紙を前にして冷汗をかいている夢だ。あるいは、大事な入学試験の会場に行こうと、駅のホームで待っているのに、電車が停車せずに走り去ってしまう夢。空を飛ぶ夢を見る者もいれば、ビルの屋上から飛び降りる夢を見る者もいる。伸吾にはそんな経験はない。それを話すと、人間は誰でも毎晩のように夢を見ているはずだ、君の場合は、ただ見た夢をきれいさっぱり忘れてしまっているだけのことだ、と説明されたこともあった。

いずれにしろ、今ここで見ている夢は現在進行形だ——そう思いながら、伸吾は周囲を見回した。

深い、深い森のなかだった。昼なのか夜なのか判然としない。頭上には蒼《あお》い空。薄暮なのか、夜明けなのか。空気はとても冷え冷えとしている。

木々はすべてクリスマス・ツリーみたいな形をしていて、とてもとても背が高く、そのせいで空が遠く見えるほどだ。濃い緑色の葉をみっしりと繁らせて、どの木もどの木も同じ姿。手前の木が後ろの木の影《シャドウ》で、後ろの木のそのまた後ろにはまた影がある——そんな感じだ。たった一本の樅《もみ》の木が、分身の術を使って作りあげた暝《くら》い森。

一歩、足を前に踏み出す。とたんにくしゃみが飛び出した。夢のなかのくしゃみ。ハクション！　と大きな声。それでも目は覚めない。伸吾は片手で口と鼻を押さえて、左右を見た。誰もいない。人の気配はない。

一人きりだ。しいんとしている。まるで、おとぎ話のなかの、森で迷子になった子供みたいじゃないか。『ヘンゼルとグレーテル』だ。伸吾は昔、あの話が嫌いだった。

ゆっくりと歩き出し、森のなかを抜けて行く。幹に手を触れると、湿った苔《こけ》の感触が伝わってきた。木々の根元にも、うっすらと苔が生えている。それ以外には、草も花も見あたらない。黒い地面の上に、木の根っこがからみあっているだけ。こんがらがった蛇の死骸の山みたいにも見える、根っこの群。

どこか遠く、背後の高いところで、ひと声高く鳥が啼《な》いた。伸吾ははじかれたように振り返った。でも、何も見えない。森のどの木の枝も揺れていない。

たぶん鳥だ。きっと鳥だ。空のうんと高いところを飛んで行ったのだ。人間の叫び声に似ているような気もしたけど、そんなはずはない。森にいるのは鳥だ。悲鳴をあげる人間なんかじゃない。

ふと、自分の身体が縮んでいるような気がしてきた。足を止め、両腕を広げて見おろしてみる。見覚えのない服を着ていた。ジーンズに赤いセーターだ。こんなセーターは持ってない。赤色は嫌いなのだ。どうしてかといったら、母さんがしょっちゅう僕に赤い服を着せたから。

――赤は目立つからね。遠くからでも、車の運転手さんに見つけてもらいやすいでしょ。うちの近所はダンプカーがたくさん通るからね。気をつけなくちゃ。

女の子じゃないんだから、赤いシャツやセーターは嫌だ、学校でからかわれるって何度言っても、母さんは聞いてくれなかった。

シンちゃんのお母さんは、本当は女の子がほしかったのよ。だけど子供はシンちゃん一人きりだったから、せめて明るい色の服を着せたいんでしょうよ。我慢してあげなさい。

親戚の小母《おば》さんに、そんなことを言われたこともあったっけ。冗談じゃない、女の子の身代わりなんて、もっと嫌だ。

突然、悟った。森の木々の背が高いのではなくて、僕が縮んでいるのかもしれない。子供の大きさにまで、小さくなってしまっているのか？

　いや、文字どおり、子供に戻ってしまっているのかもしれない。

　しっかりしろ、これは夢だ。夢のなかなら何が起こってもおかしくない。覚めれば笑い話になるだけだ。ゆうべ、珍しい夢を見たんだよ――明日になれば、親父も麻酔が切れて、頭がはっきりしていることだろう。話して、二人で笑おう。父さん、オレ、森のなかで迷子になってさ。父さんは麻酔で眠っているとき、面白い夢を見なかったかい？

　ヘンゼルとグレーテル。どっちが男の子だったたっけ。グレーテルだったかな。彼らは森に捨てられた。わざと迷子にされたのだ。

継母《ままはは》に。本当の親ではない母親に。

　夢のなかだというのに、伸吾は現実の心配事を思い出した。どうしてそんなことができるんだ？　僕は半分目が覚めているのか？　うつらうつらしながら目覚まし時計のベルの音を聞いて、それを電話がかかってくる夢だと思うように？

　血液型だ。血液型が違うんだ。僕は両親の本当の子供じゃない。少なくとも片方は本当の親じゃない。ひょっとしたら二人とも本当の親じゃない。

　不意に目の前に、小さな赤いものが躍り出た。幼い女の子だ。赤いフードのついたコートを着て、白い靴を履き、小さな籐《とう》のカゴをさげている。どこから現れたのか、小走りに伸吾の前に出てくると、ぴょこんと立ち止まってこちらを振り返った。

　ロウのように白い肌。フードの下からのぞく巻き毛の金髪。そして、冴《さ》え冴《ざ》えと蒼い瞳。フランス人形だ。動くフランス人形だ。

　女の子の赤いくちびるが開いて、愛らしい声がこう言った。「こっちよ」

　そして女の子はスキップを始めた。身軽に森のなかを縫って進んでゆく。スキップしながら、ひらりひらりと手を動かして、カゴのなかから何か小さな白いものを取り出し、足元に落として行く。見ると、その白いものはパンの欠片《かけら》だった。

ヘンゼルとグレーテルだ。パンの欠片を帰り道の目印に。そして二人は無事に家に帰って――

「ちょ、ちょっと待ってよ!」

伸吾は女の子の後を追いかけた。伸吾の方がずっと歩幅があるはずなのに、しかもこちらは走っているのに、スキップしている女の子に追いつくことができない。女の子がはねるたびに、金の巻き毛もはねる。とても楽しそうな足取りだ。それなのに、息を切らして走る伸吾は彼女に追いつけない。

いや、本当に走っているのだろうか? ただ足をジタバタさせているだけじゃないのか? 少しでも速く前にと、両手で空《くう》をかいてみる。油のなかを泳ぐように重たい感触。ああ、夢だ。夢の歩行のもどかしさ。

ひらひらとパンの欠片をまきながら、女の子は歌を口ずさんだ。

こっちよ　こっち
おうちは　こちら
あなたは　迷子
森は暗く　おうちは遠い
一人では　帰れない
道がないから　帰れない
森はあなたを
差し招く　差し招く
真っ暗な　夜の底へ

一本調子のその歌声は、スローモーションで走る伸吾に調子を合わせるように、微妙に間延びしていた。壊れかけてスムーズに回らないデッキで再生するミュージック・テープのように、ときどきぐうっとスロウになって、その分、女の子の声が低くなる。

そんなときは、歌声が、呪文《じゅもん》のようにも、唸り声のようにも聞こえる。

どうしてこの女の子の後を尾《つ》いていくのだろう？　何だかおかしな気配がする。今度あの子がこちらを向いたら、その顔が変わっているような気がする。あんな可愛い顔じゃない。きっと恐ろしい魔女の顔。ヘンゼルとグレーテルをお菓子の家に誘い込み、太らせてから食べようとした悪い魔女の顔。いや、そうじゃない。だっておかしいよ。ヘンゼルとグレーテルは無垢《むく》な子供で、魔女は別の存在だ。女の子が魔女の顔をしていたら、そんな一人二役だったなら、おとぎ話の筋書きが違ってきちゃうじゃないか。

女の子の背中に魅入られたように、そこから目をそらすこともできず、ひたすらに後を尾いてゆく。やがて前方に森の切れ間が現れ、一軒の小屋が見えてきた。

お菓子の家ではなかった。こぢんまりした丸太小屋だ。遠近法が狂っている。あの小屋が、掌《てのひら》に乗せられそうな大きさに見える。ケーキの上の、チョコレート製の小屋みたいに。

女の子はスキップしながら小屋に近づき、正面のドアを開けて、ひらりとそのなかに入っていった。

ゆっくりと、ドアが閉まる。伸吾もそこで走るのを止《や》める。あらためて丸太小屋を見上げてみる。それは確かに、当たり前の丸太小屋の大きさ。社員旅行で行った東北の温泉場で見かけた、炭焼き小屋を思い出す。

煙突から煙が出ている。蒸気みたいな、白い煙だ。ふわふわ、ふわふわ。漂う煙と一緒に、またあの女の子の歌声が聞こえてくる。

さあ　あなたはおうちに着いた
お父さん　お母さん
もう　森には遣《や》らないで
怖い怖い　魔女がいるから

ごくりと、喉が鳴った。誰の喉かと思ったら、自分のだった。知らないうちに、両手をぎゅっと拳に握りしめている。その内側に、汗がいっぱいにじみ出している。

さあ、小屋に入ろう。お父さんとお母さんが、炉端で待っていてくれる。

ここはおうちだ。それが筋書きってものだ。

伸吾が手を伸ばし、銅《あかがね》でできた古風な形のドアの取っ手を握ってみた。

さあ、おうちに帰ろう。森には魔女がいる。もう二度と足踏みするものか。

声が出た。「こ、こ、こ、こ」

ニワトリではない。

「こ、こんにちは！」

挨拶しなくちゃ。だけどどうして？　ここは僕のおうちなのに。

ドアの取っ手を握る指。ああ、なんて小さいのだろう。僕は子供だ。赤いセーターを着て、膝のところに継ぎ当てのあるジーンズを穿いた幼い男の子だ。覚えている。これは母さんが着せた服だ。僕は嫌いだ。嫌いだった、確かに。

ドアを開いて、伸吾少年は小屋のなかに足を踏み入れた。

石造りの暖炉で、薪がパチパチとはぜている。切り株そのままの形の椅子が二脚。簡素な木のテーブルがひとつ。積み上げた薪。窓には赤い格子縞《こうしじま》のカーテン。パンの焼ける香ばしい匂いが、小さな部屋のなかいっぱいに立ちこめている。

「ただいまぁ」

気がついたら、そう言っていた。誰もいない小屋のなか。明るい声で。

「お母さん、台所にいるの？」

台所はどこだ？　竈《かまど》はどこだ？　お母さんが、僕の大好きな白いパンを焼いている竈はどこにある？

伸吾は小屋のなかほどまで進んだ。テーブルの高さは、伸吾のちょうど肩まである。僕は小さい。お母さんにおやつをねだることができるくらいに小さい。

台所が見える。水瓶《みずがめ》が見える。台の上に、白い小麦粉がいっぱい散っている。練りあげて丸く形を整えて、あとは焼きあげるばかりというパン生地が載せてある。

そして竈。台所のいちばん隅。これも灰色の石と鋼《はがね》でつくられている。とってもいい匂い。お腹がぐうぐう鳴っちゃいそうだ。

「お母さん?」

子供の声で、伸吾は呼びかけた。そして竈に歩み寄り、気がついた。

竈。ぴたりと蓋《ふた》をされている。手をかざすと、熱気が伝わってくる。なかでは火がぼうぼう。パンをきつね色にこんがりと焼いている。もうできあがるかな? すぐ食べられるかな?

それなのに、その竈の蓋の隙間に、何かがはさまっている。

赤い布がはさまっている。布だけじゃない。金色の巻き毛がちょっぴりはみ出している。

突然、竈の蓋の隙間から、真っ黒な煙が立ちのぼり始めた。何という嫌な臭い! 伸吾は激しく咳《せ》き込み、胃がでんぐり返って戻しそうになり、両手で腹を押さえて身を折った。

いったい、これは何事だ? 竈で、何を焼いているんだ? この異臭、まるで、まるで、——肉が焼けるときのような。

おお、そんなバカな。そんなことがあってたまるか。だってここは伸吾の家だ。お父さんとお母さんが待っている。森は危険でも、ここは安全。安全なはず。

夢のなかの不条理が、またぞろ伸吾に襲いかかった。夢を見ている伸吾は、大人の伸吾は、声を振り絞って叫んでいる。警告している。逃げろ、逃げ出せ。竈には近づくな。手を伸ばしたりしちゃいけない。その蓋を開けてはいけない。

だが、夢のなかの子供の伸吾は、竈ににじり寄ってゆく。小さな指を、竈の蓋の取っ手に伸ばす。

それに触れる。

たまげるような勢いで、竈の蓋が向こう側から開いた。真っ赤なものが飛び出してきた。それはあの赤いフードの女の子。身体中に火がついている。燃えている。燃えあがっている。髪も肌も爪《つめ》さえも。

それはその手をぐいと差し出して、伸吾の手首をむんずと摑んだ。

「**次はおまえの番だ!**」

伸吾は全身で悲鳴をあげた。叫びながら身をよじり、鉄の輪のように締めつけてくる女の子の手をふりきろうとした。

炎に包まれながらも、女の子は口をかっと開いて笑っていた。

「どうして逃げるんだい? あたしはおまえのお母さんだよ! お母さんの顔を忘れたのかい? 忘れたのかい? 忘れぇぇぇ——」

焼けただれ崩れながら、女の子の顔が変わってゆく。伸吾の母親の顔になってゆく。

「助けてくれ!」

大人の声で絶叫して、伸吾は摑まれた腕をふりほどき、一目散に逃げ出した。

体当たりでドアを開け、丸太小屋から転がり出た。勢い余って四つん這いになり、地面をひっかくようにして立ちあがると、前のめりに走り出す。喉がひゅうひゅう、膝はガクガク、両目から涙があふれ出す。

「待ってぇ、あたしを置いていかないでぇ」声が追いかけてくる。母の声だ。いや、あんなの母さんじゃない。化け物だ！　後ろを振り向く勇気も余裕もなく、伸吾はただただ必死で逃げた。森のなかを、無言で見物を決め込む木々のあいだを走り抜けて。

「夢だ、夢だ、これは夢だ！」

逃げながら叫んでいた。

「夢だ！　夢なら覚めてくれ！」

そのとき、何かが横合いから飛び出してきて、伸吾にタックルを食らわせた。飛んできたそのものと、伸吾は一緒くたになって地面にもんどり打った。

「助けてくれぇ！」

闇雲《やみくも》に起きあがりながら、まだ叫んでいた。すると、誰かのしなやかな腕が、伸吾の後ろ襟《えり》をぐいと捕まえ、地面に押さえつけた。

「だからさ、お望みどおり助けに来てやったんだってば。落ち着けよ、あんちゃん」

少しばかり笑いを含んで、若々しく小生意気な声が、そう呼びかけてきた。

8

頭を打ったのか、目がチカチカする。だから、もがくように頭をあげてはみたものの、膝をついてこちらをのぞきこんでいる人物に、すぐには焦点があわせられなかった。

そう、伸吾にタックルしてきて、一緒になって地面に転がり、今はいち早く軽々と起きあがって、彼の襟首を摑んで押さえつけているのは、ものではなかった。人だった。とても若い男だった。いや、まだ男になりきってさえいない。少年だ。子供だ。

「君、誰だ？」

がくがくする顎を動かして、やっと言葉を吐き出した。

「とりあえず」と、少年は言って、空いている手の指で鼻の下をこすった。「正義の味方ってとこかな」

依然、面白がっているような口調である。

「えらい泡食って逃げてたけど、あの小屋のなかに何がいたんだい？」

少年は、親指をあげて、肩越しに後ろを指した。とたんに、伸吾の頭のなかで記憶がはじけた。竈のなかから飛び出してきた、焼け焦げた母の顔。キックバックしてきたパニックで、胃液が逆流した。ゲッというような声を発して、伸吾は再び起きあがり逃げ出そうとした。

「おっと！　もう逃げることねえんだよ、あんちゃん」少年はぐいと伸吾の後ろ襟を引っ張った。

「離せ！　離してくれ！　僕はもうこんなところは嫌だ！」

「ジタバタしても無駄だって。目が覚めないうちはここからは出られないんだよ。それに、あの小屋のなかに何がいたにしろ、そいつは小屋から出てあんちゃんを追っかけてくることはできないんだからさ、安心しろよ」

伸吾もそれほど立派な体格ではないが、少年はもっと華奢《きゃしゃ》で、いっそ痩せっぽちと言ってもいいほどだ。なのに、とても力が強い。襟を摑まれ腕をとられると、どれほど手足をばたつかせてもかなわなかった。

「しっかりしろってば。ここはあんたの夢のなかなんだよ！」

ぐいと揺すられて、頭がグラグラ。それでも少年のきっぱりとした声は、その頭のなかにもちゃんと届いた。

「夢――僕の夢」

「そういうこと」

伸吾の身体から、くたりと力が抜けた。膝を折って、へたへたと座り込む。黒い地面。周囲を取り囲む暗い森。さっきと変わらぬ景色に、変わらぬひんやりとしたこの空気。

伸吾から手を離すと、半歩離れて、少年は片手を腰にあてた。値踏みするような目つきでこちらを見ている。

「あんちゃん、相当な怖がりだな。こいつは面倒なミッションになりそうだぜ」

ぽかんと顎を下げて、伸吾は少年を見あげた。十四、五歳というところだろうか。背丈もそんなに高くない。尖《とが》った顎。ぱっちりした目鼻立ち。赤味の強い髪はショート・ボブの形《スタイル》で、真っ赤なハチマキを巻いている。長いハチマキで、結んで余った部分が少年の肩の下まで垂れている。それだけだったらリレーの選手みたいなものだが、格好がまたキテレツだった。ジーンズに、よれよれで傷だらけの革のベスト。底の厚い丈夫そうな革のブーツ。こちらも傷と染みだらけで、ずいぶんと履きこんでいるようだ。腰のベルトには輪にしたロープをさげ、ホルスターを付けている。そうだ、こりゃホルスターだ、間違いない。

つまり銃を持っているということじゃないか。この革の鞘《さや》から突き出しているのは、銀色の銃の握りの部分だ。まるで西部劇だ。でも、それにしては銃の形《フォルム》が妙につるりとしていて未来的だ。そこだけSF映画みたいだ。

「君」と言って、伸吾は少年を指さした。「テレビに出てるか？　音楽番組――ていうか、これからジャニーズ・ジュニアのオーディションを受けるのか？」

少年は器用に顔の片側だけを歪めた。「何だよ、それ」

「いやその――近未来もののドラマにでも出演するみたいな格好をしてるからさ」

少年はちょっと両手を広げた。「これは俺の仕事着だけど、近未来的かどうかは、よくわかんねぇな。オレらは、あんちゃんたちから見て、過去にあたるのか未来にあたるのか、どっちにもあてはまらねえのか、こっちでも意見の分かれてるところだからさ」

こっち？　こっちってどっちだ？

頭上で、うゆゆゆゆゆゆんという音がした。見あげると、あたりを包囲《ひら》する木々のてっぺんに、丸窓のようにぽかんと開けている空を、特大サイズのブリキのバケツを逆さまにしたような形の物体が、ふらつきながら飛んで横切ってゆくのが見えた。

伸吾の顎が、再び下がった。顎の先が地面についてもおかしくないくらい、蝶番《ちょうつがい》を緩めきって、ぽっかんと口を開けた。ふやけた問いかけが、そこから飛び出す。

「あ、あ、あれ、今の、あれ――何？」

「オレらのシップ」と言って、少年は長い前髪をかきあげた。「着陸場所が決め難《にく》くてさ。なんせ、どこまで行っても森だから。あんちゃん、割と暗い場《フィールド》を持ってんだね。能天気そうな顔してんのにさ」

伸吾はろくに聞いていなかった。「あれはＵＦＯだ！　だろ？　そうだろ？　空飛ぶ円盤だ！　僕はエイリアンに誘拐《ゆうかい》されたのか？　ここは地球じゃないのか？」

少年はハアッとため息をついた。

「マエストロが降りて来れねえんじゃ、オレが説明するしかねえか。ったく、面倒なんだよな、これが」

髪をかきむしって、少年はよいしょと声をかけ、いまだ腰を抜かし続けている伸吾の脇にしゃがみこんだ。

「あんちゃん。これっからちょっと込み入った話をすっからさ、耳の穴かっぽじってよく聞いてほしいんだ。あんちゃんのためにもなることなんだから、頼むぜ」

仲吾はまだ空を見上げていたが、呼びかけられて、ゆるゆると視線を少年の顔の上に戻した。半ば同情するような、呆《あき》れるような、残り半分は不敵なような、そんな表情だけは一人前だが、頬にはまだ産毛が残っている、若々しくも幼い顔。

あらためて、いちばん基本的で素朴な疑問が口をついて出た。

「君は何者だ？」

少年はちょっと目をつぶると、「そ。それが問題なんだ」と応じた。

「オレはD・Bだよ、あんちゃん」

こうして、仲吾は聞いたのだ。〝テーラ〟と〝ビッグ・オールド・ワン〟と、ねじ曲がって癒着したふたつの時間軸と、逃亡した五十人の凶悪犯たちの話を。

にわかには信じられなかった。

仲吾の顔を見て、少年はエヘヘと笑った。

「最初はどのD・Pもそう言うんだ。でもその方がいい。すぐに信じるタイプのD・Pは、かえって厄介だからさ」

仲吾は地面に膝を抱えて座り込み、少年はそのまわりをブラブラと歩き回っていた。話しながら彼が背中を向けたとき、細長くて少し反りのかかった刀を、斜めに背負っているのが見えた。細い革紐《かわひも》で吊ってあるようだ。もちろん、鞘に収まっているが、その鞘ときたら、刀身に直《じか》に革をぐるぐる巻きして作ったような、ごく無造作なシロモノだった。形も歪んでいるし、刀とサイズがあっていなくて、緩そうだ。

父が時代劇好きなので、仲吾も少年時代には、よく付き合って映画を観たものだ。だから知っている。このタイプの長い刀は、鞘を払うときも、真っ直ぐには抜けない。自分の身体を中心に、ちょうど背負い投げをするように、斜めに半円を描くようにして抜くのだ。だから、右利きなら左肩の後ろに柄《つか》が来るように背負う。左利きなら右肩に背負う。

僕はそんなことを知っている。教えてくれたのは親父だ。不意に懐かしさと親しみがこみあげてきた。親父が死ななくてよかった、手術が上手くいってよかった、もっともっと重い病気でなくてよかった。

ごく自然に、そう思った。とっさにこみあげてきたその温かい想いには、（血液型が違う）などという問題は、欠片《かけら》も混ざってはいなかった。最初に浮かんできた思考には、そんな不純物は入り込んでいなかった。

少年の刀の柄は右肩に来ていた。

「君は左利きなんだね」

伸吾に問われて、腕組みして歩き回っていた少年は足を止めた。

「へえ……最初にそういうことを訊くD・Pは初めてだぜ」

ちょっと虚をつかれたように目をパチパチさせている。急に子供っぽくて、伸吾はふと微笑《ほほえ》みそうになった。

「そうなのか。でも、何を訊いたらいいか見当もつかないんだよ。だって——目が回りそうな話だからさ。混乱しちゃってるんだよ」

そうさ、頭のなかはぐちゃぐちゃだ。何を悩むべきか、優先順位さえ決められない。それでなくても——たとえ親父が今夜緊急入院しなかったとしても——血液型のことがなくたって——それ以前に僕には——

いやいや、今はそれを思い出すのはやめておこう。その引き出しまで開けることはない。

心のなかで自問自答を繰り返し、黙り込んだ伸吾を、少年は斜に眺めていた。それから、ちょっと肩を揺すって言った。

「ま、無理ねえな。でも、だいたい呑み込めたかい？」

　伸吾は膝を抱いたまま、首を縮めた。「ここが僕自身の夢のなかだということは、納得したよ」

「で、オレらはあんちゃんの夢のなかに潜入している凶悪犯を追ってるんだ」少年はキビキビと言った。「あんちゃんの協力がないと、そいつを捕まえることはできない。あんちゃんも、オレらが手助けしないと、間違いなくそいつに身体を乗っ取られる」

「乗っ取られるとどうなるんだい？」

「正確にはわからない。こればっかりは、予想するしかねえからね。悔い改めておとなしくなって、あんちゃんたちの世界でつつましく生きていくかもしれない」

　そんなこと、ちっとも信じていないような口振りだった。

「でも、オレは別の予想に賭けるね。そいつはあんちゃんの身体を勝手に使って、自前の身体を持ってるときにやらかしていたような事を、またぞろおっぱじめるだろう。意識だけの存在になったって、性根が腐ってるのは同じだからな。子供のころから人殺しをしてたような奴なんだ。何があったって変わりゃしねえよ。三つ子の魂百までもって言うんだろ？　そういうの」

「そうだよ。だけど、僕らの社会じゃ、君ぐらいの年ごろの子がそういう言い回しをすることは、まずないね。古めかしいことわざだから」

　ふうん——とうなずいて、少年はふと小首をかしげた。伸吾には聞こえない、何か別の音を聞いているようだ。

「うん、うん」と相づちをうち、「わかった。じゃ、移動する」と返事をした。それから伸吾を見た。

「さっきのシップさ、結局降ろせなくて、境界《エッジ》でホバリングしてるそうだ。境界ってのは、あんちゃんの夢の場と、夢という形を作らない無意識のエネルギーの境目のことだ。D・Pによっちゃ、境界の外でもこっちでグリッドを立てて着陸場をつくることができるんだけど、あんちゃんの場合はそれも無理らしいから」

わかったようなわからないような説明だが、

「それは僕の夢に、何か不都合があるってことかい？」

ちょっと不安になった。

「そうじゃないよ。境界の外にも着陸場をつくれるD・Pってのは、たいてい、女か子供なんだ。大人と子供、男と女じゃ、脳の働き方が違うからね——って、オレも経験則で言ってるだけだけど」

伸吾は立ち上がった。「じゃあ、どこへ行けばいいんだい？」

少年は先に立って歩き出した。森のなかをすいすいと、迷いのない足取りで抜けてゆく。伸吾には、森はどこもここも同じように見えるのに。

ここは自分の夢のなかであるはずなのに、他人の方が地理に詳しいというのは、何となく恥ずかしいような感じがした。下着の入った引き出しを開けて、のぞかれているみたいだ。（暗い場だね）というさっきの台詞も、思い出せば心にズキリと来る。

これは夢なんだ。今さらのように、伸吾は自分に言い聞かせた。夢なんだから、何が起こったっておかしくない。このハチマキを巻いて刀を背負ったカウボーイみたいな少年も、僕自身の夢が創《つく》り出したものなんだ。度外れて鮮やかではっきりした夢だけど、夢は夢なんだから楽しめばいい。

目を覚ませば、現実の心配事と向き合わねばならないのだから。

やがて、深い森は唐突に消えた。黒く湿っぽい地面も、そこでいきなり断ち切られたように終わっていた。

少年が立ち止まり、両手を腰にあてて振り返った。

「ここが境界《エッジ》だよ」

文字通りの崖《がけ》っぷちだった。伸吾はおそるおそる歩を進め、少年と肩を並べて立った。右を見ても、左を向いても、崖の切り口。そしてその崖の縁まで、乳白色の濃い霧が立ちこめている。そっと爪先を伸ばしてみると、たちまち霧のなかに隠れてしまった。

「落ちないでくれよ」と、少年が警告した。

伸吾はぴょんと後ろに下がった。「落ちたら死ぬのかい?」

「死にゃしねえよ。自分の夢のなかで死ぬ奴がいるかよ」少年は笑った。「ただ、拾いに行くのが手間なんだ」

また、ゆゆゆゆゆゆーんという音が聞こえてきた。霧の海と霧の壁のなかから、特大のブリキのバケツがゆっくりと姿を現す。バケツの周囲にはぐるりと手すりがついていて、工具や道具のようなものがたくさんぶら下がっている。バケツ本体の前面には四角い窓があり、その向こうに人影が見えた。

崖の縁ぎりぎりのところで、バケツは止まった。うゆゆゆゆんという駆動音にあわせて、機体下部の霧がゆっくりと攪拌《かくはん》されている。プロペラがついているのだ。

「マエストロ!」と、少年が呼びかけた。「こちらがD・Pのあんちゃんだぜ!」

バケツの後ろ側の扉がぱかんと開き、大柄な男が姿を見せた。つるつるのハゲ頭で、上半身は裸。直にサロペットを着ている。

「これはこれは、初めましてですじゃ!」

朗々としたバリトンだった。伸吾はいささか気圧《けお》された。近くで見ると、単に大柄だというだけではなく、ムキムキのおっさんだ。肩や腕の筋肉が盛りあがっている。しかし、年齢的にはけっして若くなさそうだ。隣の少年は、このムキムキ男の孫だろうか？

「なかなかまっとうなおヒトのようで、喜ばしいことですじゃ。シェン、事情はすっかりお話ししたんだろうな？」

マエストロは少年に尋ねた。

「ひととおりのことは」と、少年は答えた。「信じてもらえたかどうかは、別として」

シェン。それが彼の名前であるらしい。

「あなたたちは、いつも二人で行動しているんですか？」と、仲吾は尋ねた。

「行動しているなんていう、上等なものではないですじゃ」

マエストロは、身軽にシップから崖の上へと飛び移り、がははと笑った。

「これはわしの付録です」と、シェンの頭をポカリとやった――かと思ったら、少年はひょいと身をかわして避けた。

「人をコレ呼ばわりすンじゃねえよ、クソじじい」

「おまえがわしをジジイ呼ばわりするから、あいこじゃ！」

仲吾はおおらかに笑い出した。「いいなぁ、あなたたちはお祖父さんと孫の組み合わせなんでしょ？　僕も父方の祖父が大好きでした。もう十五年も前に亡くなりましたけど、本当に可愛がってもらったんです。旋盤工でしてね、腕が良かったし時代もよかったからいい給料をとってて、口は悪かったけど、僕にはすごく甘いお祖父さんでした。今でも、ときどき懐かしく思い出すんですよ。だからこんな夢を見るんだなぁ」

アハハハハァ――と笑う仲吾の前で、マエストロとシェンは顔を見合わせた。

「シェン」と、マエストロはハゲ頭をつるりとひと撫でして言った。「こりゃいかん。この人は、わしらの存在まで自分の夢が創り出したものだと思っとるる」

「それだけなら、まだマシだぜ」シェンは鼻の下をこすりながら、楽しく笑う伸吾を検分している。「このあんちゃん、ちょっとタガが外れかけてっかもしンない」

「僕？」なおも笑いながら、伸吾は人差し指で自分の鼻の頭を押した。「僕なら大丈夫だよ！　タガはちゃんと締まってるよ！」

自分の声が、いつもより半オクターブほど高くなっている。そう認識している伸吾は、伸吾の身体のなかの最深部で小さくなっていて、望遠鏡を使って自分の脳の底をながめている。おお、充血してる！なんて思ってる。こりゃ大変だ、正気を失いかけてるのかもしれないぞ、なんて思ってる。だけど本体の伸吾は笑い続ける。だっていいじゃないか、夢なんだから。深刻に受け止めることなんかないさ。ホントのことじゃないんだからさ。うひゃうひゃうひゃひゃ！

マエストロはちょっと口を開け、頑丈そうな手で顎を撫でている。シェンは伸吾のバカ笑いをしばらくながめていたが、やがてフンと鼻から息を吐くと、右手で腰のホルスターからあのつるりとした銃を抜き、無造作に伸吾の足元に向けて、引き金を引いた。

バン！　と轟音《ごうおん》がして、伸吾の爪先から五センチほどのところに、土煙が立った。

伸吾は笑いに笑うあまりに小躍りしていたが、手を振り足を踏んでいるポーズのまま、その場で固まった。口元を笑顔の形にしたまんま、笑い声も止めた。

「よろしい」と、シェンは言った。

ゆっくりと、ごくゆっくりと、油滴がビンの側面を伝い落ちるようなスピードで、伸吾の頭に集まっていた血が下降を始め、それは心臓を通り過ぎ、腹部も通過して、足の裏に溜《た》まって淀《よど》んだ。

貧血だ。伸吾はどっと仰向けにひっくり返った。

「あらら」と、シェンが言うのが聞こえて、ブラックアウト。

気がついたら、霧のなかを飛んでいた。伸吾はあのブリキのバケツのデッキに横たわっているのだった。

バケツはゆるゆると霧を分けて飛行していた。崖の縁から二メートルほど離れ、地面からの距離は二階家の屋根の高さほど。

「お目覚めかい？」

声をかけられて、伸吾はむくりと起きあがった。シェンはデッキ前部のシートに腰かけて足を組み、爪先をブラブラさせている。

「僕、気絶したんだね？」と、伸吾は訊いた。

「うん、身体的な気絶じゃなくて、あくまでも電気的な気絶だけどな」

立ちあがると、フラフラした。「フラつくのも、身体的なものじゃないのかい？」

「そうだよ。あくまでも夢のなかだからね。あんちゃんはさっき、あんちゃん自身のD・Fのなかに仮設定された自己投影像をコントロールできなくなったんだ。投影像を作りあげている電気の流れが乱れたから。今はそのコントロールを回復したけど、まだ完全に制御が利いてないから、酔っぱらったみたいな歩き方になるんだよ」

マエストロは操縦席に戻っている。窓越しにつるつる頭がちらりと見える。

「君はときどき、難しいことを言うんだね」

シェンは鼻先で笑った。彼がでんと腰を据えているシートは、どうやら銃座であるらしい。シートは操作パネルや小さなモニターに囲まれており、足元には色とりどりのコードがもつれて絡まりあっている。シートの前にはハンドル式の照準器。

回転式多重砲身銃《ガトリング・ガン》そっくりの銀色の砲身が、手すりから外に飛び出している。

「これで何を撃つんだい？」銃座に近寄りながら、伸吾は尋ねた。「君たちが追っている、意識だけの存在になった凶悪犯か？　身体を持ち合わせないものを撃ったって、傷を負わせることなんかできないんじゃないかな？」

　眼下を流れ過ぎてゆく森の景色に目をやりながら、シェンは言った。「こいつは光弾銃だよ。デカブツだけど、純粋な威嚇《いかく》用さ。でも最新式なんだぜ。前回は捕獲ミッションにありついたから、買い換えられたんだ」

　シップの周囲に立ちこめている白い霧は、ほんの少し薬臭い匂いがした。

「どうして飛んでいるんだ？　どこかに行くのかい？」

「どこにも行かねえ。探してるだけさ」

「何を？」

「さっきあの小屋で、あんちゃんを怖がらせたものを」シェンは言って、ようやく伸吾を見た。真顔だった。「あんちゃんの信用を勝ち取るために」

　しばし、伸吾は少年の目をのぞきこんだ。この子を見ると、ひどく懐かしいような感じがするのはなぜだろう？　やっぱり、この子が、僕が創りあげた僕の夢のなかの存在だからかな？

「あいにくだけど、それは違うんだ」シェンは真面目な口調で答えた。「D・Pが、オレらに対してノスタルジーを感じるのは、珍しいことじゃない。でも、それは錯覚なんだよ」

　伸吾は驚いた。「君には、僕の考えていることがわかるんだね？」

「わかるさ。場《フィールド》にいる限りはね。だってオレらは、あんちゃんの脳の発する電気パターンに合致するように処理されて送り込まれてきた電気的幻像《エネルギー・ファントム》だからな。だからあんちゃんの脳も、オレたちの存在を、〝いつかどこかで見た覚えがあるモノ〟として認識再生するんだ。それがノスタルジックな錯覚の原因てわけ。既視感《デジャ・ヴ》てヤツと同じだね」

両手で髪をかきむしってみた。何か変化は起こるかな？　いや、起こらない。この夢はどこから来たのかな。僕はあんまり映画も観ないし、本も読まない。こんなとんでもない筋書きは、頭のどこに眠っていたのだろう？

「お」シェンがシートのなかで身を乗り出した。「あれだ。あんちゃん、見てみな」

シェンの指さす先に、深い森の裂け目があった。そこだけ黒い地面が見えている。広場とも言えない狭いスペースだ。

そこに、赤いフードの女の子がいた。こちらは高いところから見おろしているから、その姿はいっそう小さい。シップに気づいた様子はなく、こちらに背中を向けて立っている。腕からさげているカゴもそのまま。ただ、パンの欠片をまいてはいない。じっと突っ立っている。

伸吾の喉がごくりと鳴った。あの赤いフード。竈で焼かれたわけじゃなかった。やっぱりこれは夢だから。

「ちびっこい女の子だな。なんだよ、あの赤い頭巾《ずきん》は」シェンは不思議そうだ。「グロッガーの奴が、あんちゃんみたいなＤ・Ｐに仕掛けるトラップにしちゃ、えらく可愛らしいじゃねえか。あんちゃん、あんなチビッ子が怖いのか？」

まともにそう問われると、気恥ずかしい。言い訳や説明の代わりに尋ねた。「グロッガーって何だ？」

操縦席からデッキに出てきたマエストロが、伸吾の後ろにぬうっと立ちながら答えた。

「わしらがこの場《フィールド》で追いかけている凶悪犯の名前ですじゃ、若者《ヤングマン》よ」

ヤングマン？　伸吾は振り返ってマエストロを仰いだ。大男の方は、伸吾の不審顔に別の解釈をしたようだ。あわてて言った。

「シップは自動操縦ですじゃ。心配ない」

「ああ、そうですか。いや、それはかまわないんだけど……もうちょっと近づけないかな？」

「近づかない方がいい」シェンは言った。「向こうさんもあんちゃんに気づいたようだしな」

彼の言うとおり、女の子はこちらを見あげていた。それどころか、境界《エッジ》の崖の縁の方に近づいて来た。それでもシップとの距離は充分にあるはずなのだが、遠近法が微妙に狂っているみたいで、伸吾には彼女の顔がやたらはっきりと見えるのだ。金の巻き毛の額にほつれかかっているのも、さえざえと蒼い瞳も。女の子は、ほかのものなど一切目に入らないというように、ただ真っ直ぐに伸吾を見ていた。視線で伸吾を捕らえようとしているかのようだった。

「怖がらなくていいんだぜ、あんちゃん」シェンが言った。「あれはただのトラップだ。あんちゃんを脅かして混乱させるために、グロッガーが創り出した幻だ。その幻の元は、あんちゃんの身体が生み出しているエネルギーだ。ただそれだけのことだ」

そのとき、女の子がつと右手をあげて、伸吾を指さした。あやまたず伸吾だけを指さした。シップは崖っぷちに沿ってゆるゆると移動している。その動きに沿って、女の子の指先も動いてゆく。

そして彼女は、にやりと笑った。

伸吾の腕に鳥肌が立った。思わずまばたきをして、後ろに身を引いた。マエストロの両腕が、がっちりと受け止めてくれた。

「大丈夫ですかな、ヤングマン？」

励ますような声に答える前に、女の子の姿はかき消えた。森の裂け目も消えた。ただ黒い森が延々と続くだけの光景が戻っていた。

「オレらの世界からあんちゃんたちの世界に逃げ出した凶悪犯たちは――」と、シェンが言った。「夢を足がかりにして、あんちゃんたちの世界の人間の意識のなかに侵入する。だけど、相手は誰でもいいってわけじゃない。心身共に健康な人なら、侵入者が付け入る隙《すき》がないからな」

「それじゃ、僕には隙があるっていうのか?」伸吾は身震いを抑えられなかった。

「あんちゃんだけじゃないよ。侵入される人には、みんな独自の隙があるんだ。だけどそれはちっとも恥ずかしいことじゃない。病気で身体が弱っていたり、何か悩みがあったりすれば、誰だってそうなる」

「そしてグロッガーはあなたを選んだ。ヤングマン」マエストロが続けた。「あなたを脅かし、ますます大きな隙をつくらせるために、あの赤い服を着た女の子のトラップをこしらえた。どうやら、充分に効き目があるトラップのようですじゃ。あの顔を見たろう? 自信満々じゃった」

美少女のニヤニヤ笑い。揺るぎなく一直線に伸吾をさしていた指。

「あの女の子は何だ? あんちゃん、わかるかい?」

「あれはたぶん――」

伸吾はひとつ咳をして、声の震えを止めようと試みた。あまりうまくいかなかった。

「ヘンゼルとグレーテルだ。ちょっとおかしいんだ。赤ずきんちゃんが混じってるから。でも、パンをまいているんだからヘンゼルとグレーテルに違いない」

シェンもマエストロも、ちっとも「わかった」という顔をしてくれない。

「おとぎ話なんだ」と、伸吾は説明した。「子供のころに、絵本で読んだ。赤ずきんちゃんは、病気のおばあさんにお見舞いのワインとパンを届けようとした少女が、悪いオオカミにつけ狙われる話だ。その子は森のなかを抜けてゆく。ああいう赤いフードつきの服を着てね」

「ヘンゼルとグレーテルの方は？」

「生活に困った両親に、森に捨てられる兄妹の話だよ。両親は彼らを、わざと森に連れていって置き去りにするんだ。だけど賢い兄さんが、道しるべにパンの欠片とか小石をまいておくので、二人はそれをたどって無事に家に帰れる」

シェンは肩をすくめた。「だったらハッピーエンドじゃんか」

「それがそうでもないんだ。二人はもう一度、森で迷子にされる。今度は両親の企みがうまくいってしまって、ヘンゼルとグレーテルは、森の魔女がつくったお菓子の家に誘い込まれてしまうんだ」伸吾はちょっと笑った。「そこでも結局、兄妹の絶妙のチームワークで魔女をやっつけて、二人はたくさんの宝物を手にして家に帰るんだけどね」

「両親のところに？」シェンが派手に両眉を持ち上げた。「バカじゃねえの？　そんな親のところに戻ったら、宝物を取り上げられて、また捨てられるだけだろうが」

「違う、違う。両親の二人ともが悪いわけじゃないんだ。ヘンゼルとグレーテルを邪魔者扱いしているのは、継母なんだよ。父親は、彼女に引きずられているだけでさ。だから二人は継母のいない隙に家に帰って、父親と手を取り合って喜んで――」

伸吾の声が、しぼんで消えた。マエストロとシェンは、急に小さくなってしまった伸吾を、じっと観察している。

「僕は、ヘンゼルとグレーテルの話が好きじゃないんだ。子供のころから嫌だった」伸吾はかすれた声で言った。

「どうしてさ?」

「どうしてか……昔はわからなかった。でも、無意識のうちに感づいていたのかな。今ならわかるよ。だって、本物じゃない親に捨てられる子供の話だからさ」

ちょっと沈黙した後、マエストロがいかめしい声を出した。「しゃべりなされ、ヤングマンよ」

「だけど僕は――」

マエストロが低く一喝した。

「**吐け**」

腹の底にこたえるような威嚇だった。で、伸吾は吐いた。血液型の一件を、洗いざらいしゃべってしまった。

すると急に、マエストロとシェンの目が晴れた。

シェンはパチリと指を鳴らした。

「それだ!」

「何がそれなんだい?」

「グロッガーがあんちゃんを選んだ理由だよ。その一件があんちゃんの〝隙〟なんだ」

「グロッガーは、身よりのない子供を預かる施設を経営しておりましてな」と、マエストロが説明した。「もちろん、優しい心のしからしむる行為ではありませんですじゃ。子供一人を預かると、連邦政府から養育基金がおりる。それが目当てだったのですじゃ」

金がほしいだけのグロッガーは、子供たちにはろくに食事も与えず、虐待し、当局に摘発されて手が後ろに回るまでに、六人を殺害したのだという。

伸吾は心臓が踵《かかと》あたりまで落ち込むのを感じた。

「それじゃそのグロッガーっていう犯罪者は、次は僕を食い物にしようとしてるのかい?」

「そのとおり」と、シェンは断言した。「あんちゃんのなかにいる、〝寄る辺ない子供〟に惹かれて寄ってきたんだ。あいつは子供を虐《いじ》めるのが好きだからな。大好きなんだ」

「彼奴《きやっ》があれほど自信満々なのも、そのせいですじゃ。わしらがここに来ていることを承知の上で、なお、あんな挑発的なトラップをひけらかす。ヤングマンよ、あなたなら御しやすいと、グロッガーはたかをくくっておる」マエストロは口をへの字に結んだ。「こりゃ、厳しい戦いになりますぞ」

　僕は嫌だよ——伸吾は頭を抱えてしまった。

9

　翌朝、目を覚ますとすでに八時を過ぎていた。目覚まし時計をかけておいたはずなのに、鳴らなかったんだろうか。それとも、無意識のうちに停《と》めてしまったのか。

　顔を洗い、歯を磨き、すっかり勝手がわからなくなってしまった実家の台所で十分もウロウロして、やっと湯を沸かし、インスタントコーヒーをいれることができた。

　学生時代、彼がまだこの家で当たり前のように住み暮らしていたころに使っていたテーブルと椅子のセットを、両親は今でも使っていた。シートの部分に小ぎれいな座布団がかかっていることだけが、唯一の変化だ。そこに腰かけて、ぼうっとコーヒーを飲んだ。

　昨夜の夢の内容を、伸吾はまだよく覚えていた。どんな些細《ささい》なことまでも、ほんの今しがた体験した現実の出来事であるかのように、くっきりと覚えていた。

　それともあれは、夢じゃなかったんだろうか？

「グロッガーを捕まえるまで、俺たちは、ずっとあんちゃんと一緒にいることになる」

　昨夜、別れ際に、あのシェンという少年はそう言っていた。

「だから今後は、眠るたびに俺やマエストロとコンニチハするわけだけどさ、逃げたり隠れたりしないで協力してほしいんだ。というか、あんちゃんにはそれしか道がないと思うけどね」

それでも一応、伸吾は訊いた。「もしも僕が協力するのは嫌だって言ったら？　それより安眠したいから、あんたたちにはお引き取り願いたいと言ったら？」

「グロッガーが、あんちゃんの身体を乗っ取っちまう」

「で、また子供殺しを始める？」

「間違いなく」

「もしも僕が、僕のつまんない人生なんて終わりになってもいいから乗っ取られたってかまわない、その結果、他人の子供が何人殺されようが知ったこっちゃないと言ったら？」

シェンが凶悪な半白目を剝《む》いてみせたので、伸吾はあわてた。

「あくまでも、もしもの話さ」

「ヤングマンよ」とマエストロが答えた。「あなたたちの世界はそのニホンという国は、確かなかなか治安がよろしいはずですじゃ」

「うん。だと思うよ」

「となると、子供殺しはいつかは捕まりますな？」

「犯行が露見すればね」

「するとヤングマン、あなたは捕らえられて裁判にかけられ、刑務所に放り込まれる」

「そうだね」

「するとグロッガーは、あなたの身体からは逃げ出しますじゃ。また自由になって子供殺しを続けられるように、他の人間に乗り換えますじゃ。するとどうなるか？　奴が出た瞬間に、あなたはあなたの身体を取り戻す」

「そんなことができるのかい？　最初にそのグロッ

ガーとやらに乗っ取られた時点で、僕は死んでしまうんじゃないの？」

「脳が生きてるのに、意識だけ死ぬわけがねぇじゃんか」バカにした口振りで、シェンはそう言った。「グロッガーに乗っ取られてるあいだは、あんちゃんはどっかに押し込められることになるだろうな。眠ったみたいになるかもしれないし、起きてて、グロッガーのすることなすこと何から何までバッチリ目撃していて、でも手を出すことはできずにいるかもしれない。どっちになるか、そればっかりは、俺らにはわからない。グロッガーが好きなようにするだろうから」

「じゃから、彼奴が逃げ出せば、ヤングマンよ、あなたはまた自分自身の身体のコントロールを取り戻す。また外部の世界とコンタクトすることもできるようになる」

　マエストロは伸吾に向けて人差し指を振ってみせた。

「ただし、刑務所の塀のなかでな」

「悪くすると電気椅子に座ってるかも」と、シェンが嫌な笑い方をした。「おっと失礼。ニホンは電気椅子使わないんだっけ？　首吊りだっけかな」

「いずれにしろ、そのときになってどれだけあなたが無実を訴えても、もう遅いということになるわけですじゃ」

　それはぞっとしない成り行きだ。思わずそれを口にすると、シェンが顔をしかめた。「そういうときは、ぞっとするって言うんだろ？」

「え？　ああ、そうだよ。でも同じなんだ。この場合は、ぞっとしないという表現が、ぞっとするという意味になるんだ」

「あんたらの言語文化って、ホントにデタラメだな」シェンはちょっとばかり怒ったような声でそう言った。「はいといいえが同じ言葉で表されるなんてさ。ミーム・マシーンだけじゃおっつかねえよ、ったく」

そんなやりとりをしていて、空の高いところにかかっていた白い霧が、いつの間にか、すぐ頭の上あたりまで降りてきていることに気づいたのだった。

「この霧が下がってくるってことは、あんちゃんのお目覚めが近いってしるしだ」と、シェンが教えてくれた。「続きはまた次の晩、ってことになるな」

「ちょ、ちょっと待ってくれよ。ここで放り出さないでくれ」

「誰も放り出すなんて言っちゃいないよ」

「僕は何をしたらいいんだい？　乗っ取られないようにするために、僕にも何かできることがあるんだろ？　何でもするよ、協力する！」

シェンはにやりと笑った。「そうこなくっちゃな」

グロッガーがここにいるということは、伸吾の心のなかに、何か彼が足がかりにできるような要素を見つけたということだと、少年は説明した。

「要するに、隙があったってことだ。言ったろ？　弱っていたり、悩んでいたりすると、あいつらに目をつけられ易《やす》くなるって。あんちゃんもそうだ。で、あんちゃんの場合は、どうも〝子供〟ってことがキーワードになりそうだな」

「子供――」伸吾は呟《つぶや》いた。

「うん。で、あんちゃんはさっき吐いた。今夜眠る直前に、あんちゃんの親が本当の親じゃないかもしれないってことがわかったって。あんちゃんはもらいっ子であるらしいわけだ。鍵はそいつだな」

「だけど僕は、そんなこと、今までまったく知らなかったんだ。今日の今日まで、親父が病院に担ぎ込まれて、看護師さんと血液型の話をするときまで、まるっきり知らなかった」

「疑ったことも？」

「ないよ。一度もない。だから仰天したんだから。

今だって、悪い夢でも見てるみたいな気持ちなんだ」

「あんちゃんは実際、夢を見てるんだよ、今は」

「ああ、それはわかってる。だから今のはただの言い回しさ。そういう表現だよ」

チェ、面倒だなぁとシェンは舌打ちした。傍らで、分厚い胸の前で太い腕を組んでいたマエストロが、ゆっくりと口を開いた。

「わしらがヤングマンの〝場《フィールド》〟でグロッガーのガッシング脳波の存在を探知したのは、確かに昨夜のことですじゃが」

それを聞いて、伸吾はほっとした。あの不気味な赤ずきんちゃんは、伸吾の元に来たばかりだったのだ。ずっと以前から潜り込んでいたというわけではなかったのだ。

「ただし、微弱な探知報告は、それよりももっと前、半月以上も前から〝ロッジ〟にあがっておりましたじゃ。だからわしらもここに来た。しかし、〝ロッジ〟でもらった探知報告では、〝場〟はしぼられていなかった。つまり、グロッガーのガッシング脳波がいるのが、あなたの〝場〟だというところまでは、しぼり込めていなかったのですじゃ。もっとおおまかな要精密探査地点報告でしかなかったのですじゃ」

「俺らが〝ロッジ〟からもらうデータは、だいたいがそんなもんなんだ」と、シェンが付け加えた。「だから、最初にグロッガーが接近してきたのは、あんちゃんじゃなくて、あんちゃんの身近な人間だったという可能性は、大いにある。脳ってのはね、実はけっこう共鳴したり共振したりするもんだしな」

伸吾は入院中の父親のことを考えた。同じ考えが、二人のD・Bの顔の上にも浮かんでいた。

「病気の親父さんだね」と、シェンは言った。「具合が悪くなったのは今夜でも、前兆があったのかもしれない」

「それだけではありませんぞ」マエストロはつと手を伸ばし、伸吾の腕に触れた。「ヤングマンよ、もしもあなたが本当に養子で、ご自身ではそれにまったく気づいていなくても、ご両親は最初から真実を知っていたわけじゃ。知っていて、あなたには隠しておられた」

そのとおりだ。二十七年ものあいだ。

「それはかなりの心の負担になったことですじゃろう。秘密は心を弱らせる。ひょっとすると、最初にグロッガーを引き寄せたのは、お父上のそういう心の隙だったかもしれませんじゃ」

マエストロはぽんと手を打った。

「そうですじゃ、ヤングマン。お話ししたように、身よりのない子供を引き取るという行動は、彼奴にとってなじみ深いことですじゃ。それもグロッガーには魅力的だったかもしれん。彼奴は最初、お父上のなかに潜入した。しかし、潜入してすぐに、その肉体の老朽化と、健康に異変が起こっていることを察知した——」

「親父が胃穿孔を起こすってわかったってことですか?」

「脳に入れば、何でもわかりますじゃ。脳は何でも知っておる。時には、意識がそれとまだ悟っていない身体の不具合を、夢を通じて報《しら》せることがあるほどじゃ」

だからグロッガーは親父の身体を捨て、僕に乗り換えようと試みた——幸か不幸か、絶妙のタイミングで、どでかい隙を見せてしまった僕に。

「考えてごらんよ。ここんとこ、あんちゃんの親父に変わったことはなかったかい? 妙に不機嫌だったり、怒りっぽくなったり、いつもは無口な人がやたらおしゃべりになったりとかさ」

それは母に訊いてみなければわからないことだけど前置きして、伸吾は思わず苦笑した。「機嫌は悪かっただろうと思うよ。おふくろが旅行に行くんでね。すねてたんだ。いつもそうなんだ。だから、それだけじゃはっきりしないいな」

「いずれにしろ、ご両親と話をしてみることですじゃ」と、マエストロは穏やかに言って、伸吾の肩をぽんぽんと叩いた。「あなたはもう秘密を知ってしまった。知った以上は、話さずばなりますまい。何事もなかったかのようなふりをして、暮らし続けてゆくことはできませんじゃろう?」

それは、言われるまでもなかった。

「でも……僕さえ黙っていれば、何事もなかったようにつくろえるかも……」

マエストロは重々しくかぶりを振った。「それはないですじゃ。それはない。秘密を知れば、いずれはそれが顔に出る。態度に出る。ヤングマンよ、あなたはそれほど強くない。人間は、そういう嘘をつき通せるほど強くできてはおりませなんだ。ここはいちばん、年寄りの言うことを素直に聞いておくのが身のためですじゃ」

ケケケッと、シェンが笑った。「あんちゃんも、まさか自分の夢のなかで、通りすがりのジジイに説教されるとは思ってなかったろ?」

「うん、夢にも思ってなかった」

マエストロがまた拳固《げんこ》を振りあげ、シェンがひらりと身をかわし、そんなことをしているうちに、伸吾は白い霧に包まれ、夢から離れてしまったのだった。

はっと気づくと、空になったコーヒーカップを手にしたまま、台所の椅子にかけていた。時計を見ると、九時を過ぎている。あわてて会社に電話をかけて、同僚に「親父が入院したから」と説明し、有給休暇の届けを出すように頼んだ。同僚はとても心配してくれて、病状を聞きたがったが、伸吾はその親切に礼だけ述べて、そそくさと電話を切った。あんまり優しくされると、あらぬことまで口走ってしまいそうになるのが怖かったのだ。

信じられるかい？　異世界から僕らの世界に、意識だけの存在になった凶悪犯が侵入していて、僕らの肉体を狙っているんだよ。だけど大丈夫、彼らには追っ手がかかってる。僕が会った追っ手は二人、一人は筋肉ムキムキのハゲ親父で、もう一人は近未来SF映画に出演してるジャニーズ・ジュニアみたいな男の子なんだ。彼らはひっくり返したバケツみたいな飛行艇に乗って、多銃身式の砲塔と刀で武装してる――

もしかすると僕は正気を失いかけているのかもしれないと、伸吾は思った。

母が帰ってきたのは、正午過ぎのことだった。たいそうな大荷物だが、もちろんお土産など買う余裕はなかったわけで、全部自分の手荷物だった。母さんという人は、昔からこうなんだと、伸吾は思った。旅行というと、夜逃げするみたいにたくさんの荷物をつくる。必要になったら旅先で買えば済むようなものでも、家にあるものを買うのはもったいないからと、何でもかんでも用意して行くのだ。

もうあわてることはないよと、伸吾は母を宥《なだ》めた。

「ナースセンターに電話してみたら、親父の容態は安定してるって。今朝目が覚めて、看護師さんと話もしたって。術後の経過は良好ですよって言われたよ。どっちにしろ、面会は二時からだし」

「そうなの。ああ、よかった」母は文字どおりへたりこんでしまった。「昨夜《ゆうべ》電話をもらったときには、心臓が停まるかと思ったわよ」

「お伊勢さんにお参りしてきても良かったくらいだよ」

「それじゃ、お父さんが許してくれないわよ。母さんだって、それはできないわ」

　結局二人で、一時に病院に行った。それでも、入れてもらえた。父はすでに安静室から二人部屋の病室に移されていて、酸素マスクも外されていた。

　やはり、声には力がなかった。顔色も白っぽい。それでも目には光が戻っていたし、

「おまえの旅行が気にくわなかったから、わざと具合が悪くなったって思ってるんだろう」などと、憎まれ口を叩くだけの気力もあった。

　まだ長居はできなかったので、細々とした手続きを済ませて、三時過ぎに病院を出て、近くの喫茶店で、母と二人で遅い昼食をとった。考えてみれば、伸吾は朝から何も食べていなかったし、母も同じだった。

「今日は会社を休ませちゃったねえ。ごめんよ」

「有給休暇は余ってるんだ。かまわないよ、全然」

「明日は普通に出勤しなさいよ。もう大丈夫だからね」

　一緒に実家へ帰る道々、安堵したせいかあれこれと話しかけてくる母を傍らに、伸吾はずっと考えていた。

　切り出すタイミングを。どんなふうに言い出すのか、その言葉を。でも、そんな準備など、結局は無用だった。実家に着いてあの台所の椅子に落ち着くと、思いはすぐに溢《あふ》れてきた。

「ねえ、母さん。ちょっと話があるんだよ」

10

　母は気丈だった。伸吾は、泣かれたらどうしようかと内心うろたえていたのだが、そんなこともなかった。ただ、最初に話を始めたときには立っていたのに、途中でめまいでもしたみたいに椅子の背につ

かまり、それからゆっくりと腰をおろした。

　あとは、身じろぎもしなかった。

「それであんたは、どう思うの？」

　伸吾が短い話を終えると、最初に、母はそう尋ねた。その声も、いつもよりも沈んでいたけれど、震えてはいなかった。

「どうって？――」

「血液型のことから、どう思うの？　自分はもらい子だって、絶対間違いないって思う？　それとも、みんなで検査を受けに行こうって、一緒に行ってほしいって言うのかい？」

　伸吾は口をつぐんで、母を見た。もともと小柄な人だが、今日はまたずいぶんと小さく見える。白髪は目立たないが、これは晴れの伊勢旅行の前に、美容院で染めたからだろう。

「僕は」伸吾は言い出して、自分の声の方が震えていることに驚いた。「理詰めで考えたら、結論は決まってると思うよ」

「そう」

「僕は父さんとも母さんとも血のつながらない養子なのかもしれない。あるいは、父さんが継父なのかも。母さんが継母なのかも」

　母はテーブルの上で、痩せて骨張った指を組み合わせたりほどいたりしている。

「可能性は三つ。そのうちのひとつが真実なんだろうね」と伸吾は続けた。そして、勇気が失せてしまわないうちに、急いで訊いた。

「ホントのところは、どうなんだい？」

　うつむいたまま、母は何も言わない。

「あのね、母さん」伸吾はテーブルごしに身を乗り出すと、母の手に触れようとした。が、すんでのところで考え直し、その手の指を母と同じように組んだ。落ち着いているよ、僕は落ち着いているよという、身体的言葉《ボディ・ランゲージ》だ。

「血液型のことを知るまでは、僕はこんなこと、夢にも思っていなかったよ。小さい子供はよく、自分はこの家のホントの子供じゃないのかもしれない、他所《よそ》からもらわれて来たのかもしれないって、考えたりするものだって言うじゃない？　でも、僕にはそんなことさえなかった。まったく疑ったことなんかなかった。どうして呼吸ができるのかとか、どうして水が飲めるのかとか、そんなことをいちいち考えてみないのと同じで、僕にとっては父さんと母さんが両親だってことは、水や空気と同じくらいに、当然のことだったんだ。ずっと、ずっと、ずっとね」

そんなふうに話していて、心の片隅で、今までまったく気がついていなかったある事柄に、初めて気づいた。そういえば家では、子供のころ、父や母が、

（おまえは橋の下から拾ってきた子だよ）

（籠《かご》に入って川を流れてきたんだよ）

なんて、冗談を言ったことが一度もなかった。友達の家では、そんなことがよくあった。イタズラをすると、コラッと怒鳴られて、おまえは家の子じゃないんだからね、そんな悪さばっかりしていて言うことをきかないと、拾ったところに捨ててきちまうよ！　なんて言われて。友達が、泣きベソをかいていたことだってあった。

でも、僕にはそんなこと、一度もなかった。けっこうなイタズラをして叱られて、家から閉め出されてしまったり、物置に放り込まれたことはあったけど、それでも（また捨ててきちゃうよ！）なんて脅されたことは、まったくなかったのだ。

それはやはり——冗談が冗談ではないことを両親が知っていて、だからそれが、二人のあいだでは厳しいタブーになっていたからではないのか。

伸吾の前で、母がため息をついた。肺のなかの息をすべて吐ききって、それでもまだ吐き出したいものがあるみたいな、長い長いため息だった。

それから手で顔を覆うと、指のあいだから、呻《うめ》くように言った。「確かに、あんたは父さん母さんとは血がつながっていないんだよ」

伸吾は、予想を超えるショックを正面から受けて、一瞬息を止めた。考えてはいたさ、もちろん。どっちが義理の親なのかって。そうだ、そっちの可能性の方を、自分で意識している以上に高く見積もっていたのだった。

両方が義理の親だという第三の予想は、補欠の案でしかなかった。

「つまり……僕は……本当に他所の夫婦の子供で……養子なんだね？」

母はうなずいた。そのままテーブルに伏してしまいそうなほどに深く。

「どこの、誰の子なんだい？」伸吾は尋ねた。声が裏返らないように、精一杯自分をコントロールして。「遠い親戚？　それとも知り合いとか？　まさか捨て子じゃないだろ？　神社の前に捨てられてたとかさ。それじゃ、まるっきり、父さんが好きな時代劇の筋書きみたいだもんな。将軍家の御落胤《ごらくいん》とかさ」

意外なことに、母はちょっと笑った。「そうだねえ、父さんはホント、そういう話が好きだよね。だけどもそういう時代劇のなかじゃ、最後にはその子は、立派に成人して、生みの親のところに帰るんじゃないかい？」

「母さん……」

何かを振り切るように手をおろすと、母は伸吾の顔を見た。そして尋ねた。「おまえ、今まで何度か戸籍謄本を見たことがあるだろ？　就職の時とかさ」

「うん、あるよ」

「そのときに、そこにおまえが養子だって書いてあったかい？」

伸吾はひるんだ。もちろん、ない。そんな記述があれば、とっくに気づいていたはずだ。

「あるわけないじゃないか」

「だろ？　あんたは父さんと母さんの長男だって、戸籍にはそれしか書いてないよね」

「僕はそういうことに詳しくないけど、子供を養子にするときに、戸籍を見てもわからないように手続きすることができるんじゃないの？」

「さあ、どうだろうねえ。できるのかもしれないね。でも、どっちにしろ父さん母さんはそんなことをしたわけじゃなかったよ。だから、あれは悪いことだったのかもしれないね。法律違反だったのかもしれないよ」

　伸吾は身を引いた。思いがけない言葉に、もう動揺を隠せなくなってしまった。

「ど、どういうことだよ？」

　伸吾が乱れると、それがかえって母をしっかりさせたようだった。片手で軽く口元をぬぐうと、覚悟を固めたような落ち着いた口調で、話を始めた。

「あんたは今年、二十七になる。だからあれは、それよりももう半年ぐらい前のことになるんだろう。そのころ父さんと母さんは、東京にはいなかった。宮城県のね、仙台市の外れに住んでいたんだ。父さんは印刷工一本槍《いっぽんやり》の人だけど、会社はいくつか転々とした。そのことはあんたも知ってるよね。だけど、あんたという子供を持つ以前には、それがもっともっと激しくてね。勤め先の上司や社長さんと喧嘩《けんか》しちゃぁ辞めて、他所に移る。そんなことの繰り返しだった。それであるとき、東京にいるのが嫌になったんだろうね。たまたま知り合いに誘ってくれる人がいて、仙台の印刷会社に行くことになったんだ。

　そのころ、父さんと母さんは結婚して六年経っていた。仙台なんて、それまで縁のない土地だったし、親戚の一人もいるわけじゃない。母さんは嫌だったよ。別れようかとさえ思った。ちょうどそのころ、病院で検査の結果が出て、父さんと母さんのあいだには、どんなに望んだって子供が授からないってことも、はっきりしていたからね」

父の方に障りがあったのだという。

「今さらあんたに言うまでもないけど、母さんは何かというとすぐにお医者に行くからね。でも、父さんを口説《くど》いて二人で検査を受けるところまでもっていくのは、そりゃもう骨の折れることだった。だけど、結果が出てみると、それまでの苦労なんか苦労のうちに入らないほど大変なことになった。

父さんはずっと子供を欲しがってた。だけどなかなか授からなくて、会社で人と喧嘩をするのも、実はそういうことが原因になったことが、何度かあったようなんだ。子供はまだかって訊かれたり、子供の写真を自慢そうに見せられたりしてね。そのたびに、辛い思いをしたんだろうよ。あの年代の人たちは、子宝《こだから》が授からないのは、女房の方に原因があるからだって考えるのが、習い性だ。だから母さんも、何度か父さんに手をあげられたことがあったんだ。全部おまえが悪いんだ、おまえのせいで子供ができないんだって。

それが、検査をしてみれば逆だってわかった。父さんにしてみたら、今度こそ、振り上げた拳のおろしどころがなくなったわけじゃないか。そりゃもうもの凄い荒れようでね。お酒を飲んで家に帰ってきちゃ、大暴れさ。母さんも痣《あざ》だらけになっちまった。もうこの人とは一緒に暮らせない、二人でいたら駄目になるだけだって、母さん、こっそり荷物をまとめたこともあったんだ。

だけどね、そんなところへ仙台行きの話が来て——父さんがね、一緒に来てくれって、母さんに頼んだんだ。頭を下げてさ。知らない土地に行って、一からやり直そうって。今までは俺が悪かった。おまえに謝る。だから、俺を見捨てないでついてきてくれって。
母さん、それで考えた。ここで母さんが離れたら、この人は本当に駄目になっちまうだろうなって。なんだか——可哀想だっていうふうにも思った。子供が授からないのなら、いっそこの寂しがり屋の人を子供だと思って、大事にお守《も》りして生きていこうかなって、そんなことも思った。それで、一緒に仙台に行くことにしたんだ。

平屋建ての小さいアパートでね。四世帯ぐらいしか入っていなかった。そこで暮らして半年ぐらい経ったころ、夜中にガスの臭いがして目が覚めたのさ。そこは都市ガスじゃなくてプロパンを使っていた。父さんも母さんも、そういうことにはすごく気をつける方だから、すぐに起きてまわりを調べた。そしたら、ガスはうちで漏れてるんじゃなくて、アパートのお隣の部屋から臭うんだってことがわかった。お隣さんも、夫婦二人の所帯だった。出入りするときに顔を合わせると挨拶するぐらいで、親しかったわけじゃない。でも、狭いところだからさ、旦那の方は留守がちで、奥さんがよく一人でいるってことぐらいは知っていた。だから心配で、すぐにドアを叩いたんだ。そしたら、奥さんが出てきた。二十五、六という歳で、そこそこの器量よしなのに、元気がなくてね。何だかいつも誰かに謝ってるみたいな顔をした奥さんだと思っていたんだけど、そのときはもう、ロウみたいに真っ白でさ。父さんが、ガスが漏れてませんかって尋ねると、シクシク泣きだしちまったんだよ。ごめんなさい、自殺しようと思ったんですってね。

それであたしらは、ガスを停めて窓を開けて、何とか落ち着いてから、話を聞き出した。聞いたら、その人が本当は奥さんじゃなくて、一緒にいた男の人も旦那さんじゃなくて、留守がちなのも仕事のせいなんかじゃないってことがわかったんだ。今ではそういう関係のこと、不倫とでも言うんだろうけど、要するにその女の人は囲い者だったわけだよ。男の方は、その人が前に勤めていた会社の上司で、ちゃんと奥さんも子供もいた。もちろん、家庭を壊す気なんてさらさらなくてさ、要するに、隣の女の人は、ただの浮気相手でしかなかったんだ。

で——とうとう捨てられたんだと、その女の人は言った。男はもう、半月も前からここには来ていない。連絡もとれないって。目の前が真っ暗になって、だから死のうと思ってガス栓をひねったんだそうだ。

父さんと母さんは、それは確かにひどい話だけれど、そんな男とは縁が切れた方がよかったんだ、あんたはまだ若いんだから、いくらでもやり直しがきくじゃないかって慰めた。だけど女の人はイヤイヤするみたいに首を振ってさ、自分にはもうやり直しなんかできないって言い張るんだよ。どうしてかって言ったら——」

伸吾は言った。「妊娠したんだね」

母はうなずいた。「そうだよ。赤ちゃんができていた。相手の男は、それを知って逃げ出したんだそうだ。本当に俺の子かどうかわかったもんじゃないと言われたそうだ。

気の毒なことに、その女の人には身寄りがなくて、頼るあてはどこにもなかった。お金もなかった。だからまだ病院には行っていない、妊娠したことは、もう三月《みつき》も生理が来ないし、どうやら悪阻《つわり》みたいな様子もあるしで、自分で判断したんだけど、間違いないと思うって言った。それがその——昔、何年か前にも、別の男とそういうことがあって、赤ちゃんをおろしたことがあってさ、だから自分の身体のことはよくわかるって言うのさ。

とにかくその夜は、女の人を宥《なだ》めて、死んでも何にもならないよって慰めて、お金を少し貸して、あたしたちは部屋に戻った。だけど眠れやしなかった。

父さんも、布団のなかでずっと寝返りを打ってばかりいたよ。

翌日、父さんは朝早くから仕事に行った。母さんは隣の女の人の様子を見て、食べ物なんかを少し運んであげて、一日の仕事をしながら、ずっと考えていた。仕事が退けて父さんが帰ってきた。顔を見たら、父さんも一日、母さんと同じことを考えていたってことが、すぐにピンと来た。だから、話し合ったんだ。

隣の赤ちゃんをもらって、あたしたちの子供として育てようって。

さっそく二人で、隣の女の人に話をしてみた。だけどその人は、最初は乗り気じゃなかった。中絶はしたくない。そんな悲しいことはもう二度とごめんだ。だけど、養子に出したら、どんなに可愛がって育ててもらったところで、いずれはそのことで、子供が肩身の狭い思いをすることになる。だから嫌だって。詳しいことは話してくれなかったけれど、その女の人自身、養子でこそなかったけれど、親戚とかに頼って育たなくちゃならなくて、辛い思いをした経験があったみたいな話しぶりだった。

父さんと母さんは、一生懸命説得したよ。だって赤ちゃんを産んだところで、一人じゃ育てられないだろう。女一人で、働きながら子供を育てるなんてさ。今でこそそういうことが、かえって立派なことだなんて言われるようになったけど、三十年近く前の話だよ。しかも女の人は手に職を持ってるわけじゃないし、ろくに高校さえ出ていなかった。

それで、父さんが言い出したんだ。赤ん坊がもらい子だとわからないようにすればいいんだろう？って。どうしたらそんなことができるのか、母さんにはわからなかった。だけど父さんは、あれでなかなか、必要なときには頭が回る人だからね。

女の人はまだ病院に行っていなかった。だから、これから病院に行ってお産するまで、母さんのふりをすればいいと言うのさ。父さんの健康保険証で病院にかかって。本村の家内ですってふりをすればいいんだって。あたしたちが、まわりに親しい知り合いのいない仙台にいたのも幸いだった。母さんは、父さんの新しい仕事先の人たちとは、最初に会って挨拶をしたっきりだったからね。赤ちゃんが産まれるまで、誰とも付き合いをしないように、ひっそりと暮らせばそれでいい。それで、赤ちゃんが産まれたら、すぐに仙台を離れるんだ。本籍は、父さんも母さんもまだ東京に残していたからね。子供もそっちで届けを出したいって言えば、疑う人なんかいるもんか。東京の親戚や知り合いには、向こうに移ってすぐに子供ができて、子育てにはやっぱり馴《な》れた土地がいいと思って戻ってきたんだって言えばいい。

それで上手くいったんだ。誰にも疑われたりしなかった。親戚なんか、昔から、引っ越したり家を建て替えたりすると子供を授かるってよく言うけども、あれは本当だななんて笑ったもんだ。みんな、喜んでくれた。あたしらも、天にも昇るほど嬉しかったよ。幸せだった。夢みたいに幸せだったよ」

11

その夜、伸吾が眠ると、すぐに夢が訪れた。またあの暗い森のなかに、ひとりでぽつりと立っていた。森の光景に変化はなかったけれど、今夜伸吾が佇《たたず》んでいる場所は、肩を寄せ合うように立ち並んだ木々の隙間に、ぽっかりと空いた小さな丸い広場で、そこだけ明るく陽射しがさしかけ、足元の土も日向《ひなた》の暖かな色合いになっている。

頭の上には、真っ青な空。白い霧はどこにも見当たらない。しかし、空を横切るあのヘンテコな飛行艇の姿も見えないし、うゆゆゆんという独特の音も聞こえない。

　彼らはまだ来ていないのかな——と思いつつ、広場の端の方まで歩いてゆくと、すぐそばの木立が、急にざわざわと騒ぎ出した。ぎょっとして、伸吾は飛び退《の》いた。そのまま、固まったように動かずにいた。

　落ち着いてよく見ると、ざわめいている木は、一本だけだった。伸吾は用心深くその木の根元ににじり寄った。片手を幹に触れると、おそるおそる頭上を仰いだ。

　パラパラと葉が落ちてきた。枝が揺れている。何かが枝から枝へと移動しているようだ。

　と、いきなり、

「ハックション！」

　大きなくしゃみが聞こえた。とたんに、枝がわらわらと騒ぎ出した。盛大に緑の葉の雨が降り注ぐ。どすん、ばしんと何かが枝にぶつかり、下へ下へと、

「ウヘッ！　あれ！　うひゃ！」

　木の葉の隙間から、最初にブーツの先が見え、次には赤いハチマキの端っこが見えた。そのころにはもう伸吾も事情を悟り、しかし逃げるべきか留《とど》まって救助してやるべきかの一瞬の判断に迷っているうちに、シェンがもろに落っこちてきた。

「おっと、ごめんよ！」

　伸吾の背中の上にまたがって、シェンは言った。

「なんだよあんちゃん、こんなとこで何やっててんだ？」

「……それはこっちの台詞だよ」

　伸吾は呻いた。小学五年生のときに、七段積みの跳び箱のてっぺんから落っこちて以来の衝撃である。

「あんまりでっかい木だからさ、ちょっくらてっぺんまで登ってみたくなってもうちょっとで頂上ってとこで、葉っぱの先が鼻の穴に入ってさ。くしゃみしたら足を滑らしちまって」

「わかったから、退《ど》いてくれよ」

シェンは身軽に立ち上がった。ケロリとしている。

伸吾の方が全身打撲だ。

「下にいたの？　俺が落ちて来るってわかったら、避《よ》けりゃいいのに」

うんうん唸りながら、伸吾はやっと地面に座った。幸い、どこも折れてはいないようだ。

「マエストロはどこにいるんだい？」

「探査ヘルメットかぶって、そこらをほっつき歩いてるよ」

「グロッガーを探してるわけだね？」

「いンや。やっこさんが仕掛けたトラップを探してるんだ」

「トラップ？　このあいだもそんなことを言ってたね。あの赤い服の女の子のこと——」

「うん」シェンは鼻の下をひとこすりすると、ジーンズの尻をぱんぱんとはたいた。「あんちゃんにとっては地雷みたいなもんだな。踏んづけると、ああいう幻像《ファントム》が出現する」

伸吾はまだ身体をさすっていたが、ぞわりと悪寒がしてその手を停めた。「グロッガーは僕の脳のなかに、そんなものを埋め込んで歩いてるのかい？」

「違うって。あくまで幻像だからね。あんちゃんの脳は無事だよ。奴は、自分の一部をちょっぴり千切って、〝場〟のあちこちにまいて歩いてるんだ。犬のクソみたいなもんさ」

伸吾は混乱してきた。「自分の一部を千切るって——彼らは意識だけの存在なんだろ？　肉体は無いんだろ？」

シェンは腕組みをすると、片足に体重を乗せて、伸吾を斜に見た。「やっぱ、理解しきれてないんだな。俺もいっぺんに説明しちまったからね」

逃亡犯たちの意識は、それ単体で肉体から切り離されたわけではない。人間の意識は、そんな器用なことはできないからだ。

「〝ビッグ・オールド・ワン〟の動力源だった〝スタッフ〟っていう物質が触媒プラス熱源としての働きをして、肉体を離れたあいつらの意識を個体に留めたっていう話はしたろ？　だからグロッガーも、気化した一群のスタッフとしての〝仮の肉体〟みたいなものは持ってるわけよ。で、それをほんのちょっと千切って〝場〟に設置しておく。それにあんちゃんの自己投影像が接触すると、そこから出る電気的エネルギーが、あんちゃんの自己投影像に影響して、短時間だけどくっきりした幻像をつくるというわけ」

かえってわからなくなってきた。

「それにしても、そんな奴を、君たちはどうやって捕まえるんだい？」

シェンは腰のホルスターを叩いてみせた。あのつるりとした形状《フォルム》の銃の、握りの部分がのぞいている。

「こいつの弾丸は、〝スタッフ〟でできてるんだ」

「だって、それは彼らのエネルギー源だろ？　そんなものを撃ち込んだって、元気になるだけじゃないのか？」

「それが違うんだな。〝スタッフ〟は、もともとは鉱物資源で、固体なんだよ。それが、暴走事故で度はずれた高熱が発生したから、気化しちまった。で、奴らの意識が存在するのにちょうど具合のいい格好にもなったわけだけど、そんなの、たまたま。絶妙の案配でできただけのことでさ。まさに奇跡みたいに、バランスが釣り合っちまったんだな。だから、外部からいっぺんにたくさんの〝スタッフ〟を加えてやれば、たちまちそのバランスが崩れて、〝スタッフ〟は固体に戻る。グロッガーたちの意識を内部に閉じこめたまま」

伸吾はゆっくりと、今の説明を嚙《か》みしめた。そして、今さらのように気づいたことがあって、目を見開いた。

「なあ、彼らが気化した〝スタッフ〟をエネルギー源としているのなら、ただ存在しているだけでも、少しずつそれを消費してるわけだろ?」

「そうだね。誰かD・Pに潜り込んで、その身体を乗っ取らないまでも、そのD・Pのエネルギーを借用しているとき以外はね。だからこそ、奴らはD・Pに飢えてるわけよ。ただ肉体がほしいだけじゃない。死活問題なんだ」

伸吾はうなずいた。「なるほど……。で、要するに、その銃で撃ちさえすれば、グロッガーを捕まえることができるわけだね?」

「そういうこと」

「じゃ、あとは探し出せばいいだけだ」

「手順としてはな。だけどそいつが厄介なんだ。だから、あんちゃんの協力が要る。親父さんやおふくろさんと、話はしたかい?」

伸吾は母から聞いた事柄を説明した。シェンのいるところと、伸吾の生きている現代の日本とでは、出生届けとか社会保険制度が異なっているに決まっているので、細かいところはわかってもらえなくて仕方ないと思いつつも丁寧に説明したのだが、

「とにかく、あんちゃんはホントに養子だったということがはっきりしたわけだな」と、シェンは極めてピンポイントの理解をした。

「ただ、親父とはまだ話してない」

伸吾は少々、弁解口調になった。

「幸い大事にはならなかったとはいえ、昨日開腹手術したばっかりの親父に、いきなりこんな重たい話題を持ち込むことはできなかったんだ」

シェンは何も言わず、赤いハチマキを引っ張って締め直した。不満気な様子ではあった。

「なあ、もうひとつ訊いてもいいかい?」

「いいよ。延長料金は請求しないよ」

「君らがその——グロッガーを捕まえるのに、ただ銃で撃てばいいということなら、僕には何ができるのかな？　グロッガーは僕のこの夢のなかにいるんだろ？　見つけて、撃ってくれてかまわないよ。走り回って銃撃戦をやってくれたって、僕は全然平気だからさ」

　ハチマキの具合を直しながら、シェンは鼻の先で言った。「昨日、何でも協力するって言ったのはどの口だ？」

「だ、だってあの時はさ、銃のことなんか教えてもらってなかった」伸吾はあわてた。「それに、昨日だって結局、君たちに協力するために、具体的にどうすればいいのかって話はしなかったんだよ。ただ、〝子供〟っていうのがキーワードで、それはたぶん僕が養子であるかもしれないことと関係してるんだろうっていうだけだった。だから僕はおふくろと話して——養子だという事実ははっきりさせてきたんだから、ここから先は君らにお任せしたっていいだろ？」

　腰のベルトに指先を引っかけ、シェンは二、三歩移動した。口がへの字に曲がっている。

「俺らは、グロッガーを探知することはできる」と、下を向いたまま言った。「でも、それだけじゃ奴を撃つことはできない。奴は俺らの前には、個体としての姿を見せないからね。標的にならないんだ」

「どうしてさ？」

　シェンは伸吾を指さした。「奴が狙ってるのが、あんちゃんだからさ。昨日も見たろ？　女の子の幻像は、俺にもマエストロにも目もくれなかった。あんちゃんだけを、真っ直ぐに指さしてた」

「だけど、あの女の子は君らにも見えたろ？　見えた以上は撃てるはずだ」

　非情なほどきっぱりと、シェンは首を振った。

「この銃にはひとつだけ欠点があるんだ。弾速が遅いんだよ。そして俺らが標的にしているグロッガーたちは、壁も通り抜けるし一瞬で移動する。接近戦でなかったら、絶対にあたらない。かわされちまうよ。そして、俺たちが、確実に〝スタッフ〟の弾を叩き込める距離まで近づくには、絶対にあんちゃんがそばにいないと駄目なんだ」

理不尽じゃないか。伸吾はちょっとムカついた。

「なんでだ？　おかしいじゃないか」

「グロッガーは、あんちゃんの意識を反映するからだよ」シェンは、にわかに厳しい口調になった。「あんちゃんが怖いと思うモノ、あんちゃんが恐れているものの姿をとって現れるからだ。俺もマエストロも関係ない。いくらD・Bを脅したところで、奴らは時間を食うだけで、何の得もないんだ。それに俺らは、あいにく、ちょっとやそっとのことじゃ脅されねえからな。だから狙いはあんちゃんだけだ。奴はあんちゃんに揺さぶりをかけてくる。そして、あんちゃんが奴の脅しに負けてしまえば、泣いたり叫んだりして逃げだそうとしたら、グロッガーはその瞬間に、あんちゃんの身体を乗っ取るだろうよ」

一歩詰め寄ると、シェンは伸吾の顔の真ん中に指を突きつけた。

「奴があんちゃんの身体を——脳を乗っ取ったら、その時から、この〝場〟はあいつの〝場〟になるんだ。つまり、あいつがここを自由自在に変化させることができるようになるってことだ。一面に流砂の海をつくって、俺たちをシップごと呑み込むこともできれば、磁気嵐を起こしてシップを叩き落とし、俺とマエストロをふんづかまえて、頭が三つあって尾っぽが八つに分かれてる怪物を作りだして、そいつの三時のおやつに俺らを食わせることだってできるんだ」

伸吾はシェンの指先を見つめた。それから、ゆっくりと少年の顔に視線を移した。

「俺らは一蓮托生《いちれんたくしよう》なんだよ」とシェンは続けた。「あんちゃんが乗っ取られたら、その瞬間に俺もマエストロも終わりだ。グロッガーはそれをよく知っている。だから、あんちゃんだけを狙ってくる。あんちゃんが勇気を振り絞って手伝ってくれなかったら、俺らだけじゃ、ただあいつと追いかけっこをするだけで、絶対に勝負をつけることはできないんだよ」

伸吾は手で額を押さえた。「今まで……そういう失敗例はあるのかい？」

「あるさ」シェンは怒ったように言い捨てた。

「行ったきり帰ってこなかったD・Bが、俺の知ってる限りでも百人やそこらはいるよ」

「そんなに？　だって逃亡犯は五十人だろ？　その倍の人数のD・Bがやられてるってことかい？」

「正確に言えば、現在では逃亡犯は二十七人だよ。二十二年のあいだに、二十三人は捕まえたからな。二十三人とっつかまえて連れ戻すために、その四倍からの数のD・Bが消されてるってことだ。効率悪いって笑うかい？　いいよ、笑っても。俺もそう思うからさ」

強い言葉に打たれて、伸吾はうなだれた。聞けば聞くほどに、これがとんでもない危機なのだということが身に染みてきた。

「グロッガーを倒さなくても——単に僕から追い出すことはできるかい？」

「我慢比べで、できないことはないね」

「それじゃ駄目かい？」

「あんちゃんがいいと言うならいいよ。あいつがくたびれるまで、追い回してやるよ。だけど、持久戦なら、絶対に奴の方が強い。D・Pの〝場〟に入り込んでいる限り、奴は自分のエネルギーを消費しないで済むからな。いくらだって待てる。けど、あんちゃんは待てないだろう。毎晩のようにトラップを踏んで、俺らと一緒に夢のなかをかけずり回って、すぐにバテるし、気が滅入《めい》る」

シェンの言うとおりだ。毎晩のようにこんな鮮やかな夢を見続けていたら、十日もしないうちに夢と現実の区別がつかなくなって、おかしくなってしまうことだろう。

「それでも、そうやって逃亡犯を追い払ったケースもあるよ。その場合、俺らD・Bは無料働《ただばたら》きを我慢すればいいだけだけどさ、D・Pはそうはいかない。いろいろ残るんだろうな、後遺症が。でも、そこまでは俺らも責任とれないぜ、悪いけど」

頭のなかを整理し、懸命に心を鎮めて、ようやく伸吾は自分の言葉で事態を把握した。

つまり――これは、狙いをつけられた不運なD・Pが、自身の内側に発見した傷心《トラウマ》と闘えるかどうかの勝負なのだ。

「闘うためには、まず相手を知らなくちゃならない」伸吾は呟いた。「だから僕は、今僕の心を――僕の存在自体を揺り動かしている出来事について、ちゃんと知らなくちゃいけないってことなんだな?」

シェンはうなずいた。「あんちゃんが知れば、その知識に沿って〝場〟に変化が起こる。グロッガーもそこにいる。あんちゃんとタイマン張るために、な」

まるで近所の不良みたいな言い方だ。伸吾はちょっと可笑《おか》しくなった。

「わかった。嫌というほどよくわかったよ」

「じゃ、俺もひとつ質問があるんだけど」と、今度はシェンが尋ねた。「なあ、養子だってことが、なんでそんなに問題なんだ?」

驚いて、伸吾は少年の顔を見直した。

「いいじゃねえか。ホントの親じゃなくたってさ。ずっと一緒に暮らして、あんちゃんを育ててくれたんだろ？　何が不満なんだよ。何で傷つくんだ？」

返す言葉がなくて唖然としている伸吾に、シェンは、自分で自分の言葉に挑発されたみたいに、尖《とが》った口調で続けた。

「俺だって、親なんかいないぜ。施設とマエストロの厄介になってきたんだ。それが何だってんだ？」

「君は——孤児なのか？」

シェンは勢いよくうなずいた。「そうだよ。親父はあの暴走事故で死んだ。俺が四歳のときだった。おふくろは——」

まるで見えない誰かに叱りつけられたみたいに、シェンはいきなり口をつぐんだ。そして、その見えない誰かに反抗するように、しばらくのあいだ宙を睨《にら》んでから、ゆっくりと伸吾の方を見た。

「おふくろは逃げた。俺のおふくろはあのときの五十人の逃亡犯のうちの一人なんだ。いまだに逃げ続けてる二十七人のうちの一人なんだ。だけどそれが何だってんだ？　そんなおふくろがいたって、俺には全然関係ないぜ」

12

翌日——

出勤すると、昨日電話に出た同僚だけでなく、上司からも父の容態を尋ねられた。伸吾が、幸い大事にはいたらなかったと説明して、気遣いに礼を言うと、しかし彼らは、

「今朝出てきたときの顔があんまり暗かったから、心配しちゃったんだよ」

というようなことを、口々に言った。

職場の机に向かうと、頭も手も自然に動き出して、昨日一日止まっていた分の仕事も、今日こなすべき分も、どんどんはかどった。少なくともその面では、父が入院する前と後で、伸吾には何の変化も起こっ

ていなかった。

　それでも時々、電話を切ったあとや、帳簿を閉じたときや、コンピュータのモニターに砂時計が表示されているときなどのちょっとした隙間に、ふと放心しては、考えた。筋道立った思考を追うのではなく、自分の思いの断片やシェンの言葉の切れ端、夢のなかの光景や病院の通路で初めて看護師と話したときのことや、酸素マスクをつけて眠る父の顔や、昨日テーブルごしに見た母の表情などが、風に巻かれる落ち葉の群のようにひらひらと、あちらこちらへ飛び交うのを、ぼうっとながめているという感じだった。

　——いいじゃねえか。ホントの親じゃなくたってさ。

　シェンの問いかけは、それらの落ち葉の群のなかでも、ひときわくっきりと目立った。銀杏《いちょう》の葉のなかに、一枚だけ紅葉《もみじ》が混じっているかのように、どこへひらひらと飛んでいっても、すぐにそれを見つけることができた。

　たとえ異世界の住人であっても、同じ人間である以上、心のありように大きな違いがあるとは思えない。あの時のシェンのきっぱりとした口調、おふくろのことなんか自分には関係ないと言い切った声は、今の伸吾が持ち合わせていない強靭《きょうじん》な意志に根付くものだろうとは思うけれど、その一方で、やはり彼が母親のことで何らかの傷を負っているということも——本人は違うと否定するに違いないけれど——はっきりと表していた。

　だって、そうでなかったらどうして、わざわざD・Bになったりするものか。あの歳で、命がけの危険な仕事を選んだりするものか。冒険心とか山っけだけでは説明がつかない。あの子はあの子なりに、母親に対して解決のつかないこだわりがあるからこそ、D・Bとして活動しているのだ。

僕もああいう勇気を持てるだろうか。

昨日、母はとうとう、伸吾の実の母親の名前を言わなかった。ずっと〝その女の人〟というふうに呼んでいた。忘れてしまったはずはない。言いたくなかったから言わなかったのだ。その人の名は、母にとって、伸吾と伸吾の両親としての父母の人生にかかっていた魔法を解く呪文なのだ。一度それを口にしてしまえば、馬車がカボチャに戻ってしまう。

「東京に戻ってきて以来、母さんはその人に会ったことがある?」

伸吾の問いに、母は首を振った。

「会ったことはないよ。一度もない。父さんも同じだよ。二度と会うことはなかった。消息も知らない。全然知らないよ」

嘘だと思った。

母方の祖父母は、伸吾が生まれる以前に亡くなっていたけれど、父方の祖父母は、伸吾が子供のころには元気だった。祖父にはとても可愛がってもらった記憶がある。

「お祖父ちゃんお祖母ちゃんにも、このことは打ち明けなかったんだね、悟られることもなかったんだね?」

「有り難いことにね」と、母は答えた。わずかに涙ぐんで。

「あんたはお父さんにもお母さんにも似ていないけど、それも問題にはならなかった。そういうことはあるもんだって、よく話していたよ。お祖母ちゃんは、小さい時に病気で死んだお祖母ちゃんのお兄さんと、あんたが似てると言ってたね」

そうだね、そうやってあたしたちは、みんなを騙《だま》していたんだよと、母は頭を抱えた。

「本当に申し訳ないけれど、あたしからは、とてもお父さんには話せない。あんたがそうした方がいいと思ったときに、あんたの口からお父さんに言って、訊きたいことを訊いておくれ」

それは遠回しながら、父には何も言わないでくれ、少なくとも今はまだ何も尋ねないでくれという懇願だった。いわば行間にこめられたその願いを理解した上で、うん、そうするよ、と伸吾は応じた——

昼休みに外に出ると、駅の近くで、幼い子供を抱いた若い母親とすれ違った。伸吾は足を止め、振り返って、二人が雑踏のなかにまぎれてしまうまで見つめていた。

僕が勇気を振り絞らなければ、グロッガーに乗っ取られ、シェンもマエストロも消去され、そして恐ろしい子供殺しがこの世に一人誕生することになる。

伸吾は上着の内ポケットを探って、携帯電話を取り出した。病院に出入りするので、留守番モードにしたきり、ずっと電源を切っていた。メモリもチェックしていない。

どこからも、連絡は入っていなかった。彼女からも。伸吾が結論を出して電話するまで、彼女の方からはもう何も言わない。話し合って、そう約束したのは、つい四、五日前のことだった。それを守ってくれているのだ。

一昨日、退社して実家に帰るときには、頭のなかを占めていたのはこの問題だった。彼女の、彼女との問題ばかりだった。それがどうだ？ たった一日をあいだにはさんだだけで、伸吾自身が何者なのかという土台を揺るがすような出来事が起こって、それどころではなくなってしまった。

でも——時間がない。どちらの問題も、時が経てばそれだけ選択肢が狭まり、きっとあるはずの解決を見つけることが、かえって難しくなる種類のものなのだ。

新しい啓示のように、伸吾の心にぴかりと光が射した。ひょっとしたらこのふたつの問題は、ふたつでひとつであるのかもしれない。片方に立ち向かうことが、両方に立ち向かうことであるのかも。

やっぱり今夜、親父と話そう。


二人部屋の病室の、父の隣のベッドは空いていた。父は横になってうつらうつらしていた。それでも伸吾が近寄ると、すぐに起きあがろうとした。

「いいよ、そのままで。具合はどう？」

退屈だというようなことを、不満そうに述べた。その口調も表情も、母が家を空けて外出すると知って、むくれて見せるときのそれとよく似ていて、ああ親父は元気になりつつあるんだなと、伸吾は安心した。

「昼間、母さんは来たかい？」

「来たよ。洗濯物を取りにな」

「そう」伸吾はスツールを引き寄せて、ぎこちなく腰かけた。「すごく心配してるからね。家に独りでいるのも心細いみたいだし。今夜はまた、俺、実家に泊まるよ」

緊張してしまっていることは、自分でもわかっていた。身体は言葉より雄弁なのだ。父は不審そうに伸吾を見た。ただでさえ薄くなっている髪が、寝込んでいるせいでなおさらぺったりとして、頭に張りついている。

何も今話すことはないじゃないか。親父は病気なんだ。手術を受けたばっかりなんだ。今問いつめるなんて薄情だ。最後の揺り返しのように、そんな思いがこみあげてきた。だが、伸吾はそれを押し返した。今尋ねなかったなら、尋ねる勇気が失せてしまう。〝今はまだ尋ねないでくれ〟を受け入れれば、次には〝もういいじゃないか今さら尋ねなくても〟を選ぶことになるだろう。だってその方が楽なのだから。

「ねえ、父さん」

切り出して、それから十分以上は独りでしゃべっていた。父は相づちさえ打たず、枕に頭をつけて目を見張り、固まったようになって伸吾を見ていた。

「僕は母さんを泣かせちゃったよ」

そこまで話すと、一瞬だが自分も泣けてきそうになった。

「だけど父さん、信じてほしいんだけど、僕は怒ってるわけじゃない。ただびっくりして――本当のことを知りたいと願ってるだけなんだ。僕は父さん母さんに感謝してる。ここまで育ててくれたことを」

父はやっと、カサカサに乾いたくちびるを開いた。

「普通は、よっぽどのことがなかったら、子供が親に〝育ててくれてありがとう〟なんて言うわけはねえんだ」

「結婚式じゃ、よく言うじゃないか」

「そりゃ、そういう儀式だからだ」父は病院のお仕着せのパジャマの襟をかきあわせた。「普通は、そんなことは言わねえ。親が子供を育てるのは当たり前なんだから」

伸吾は何か気の利いたことを言おうと試みた。だが、上手くいかなかった。

「いいんだよ、伸吾。そんなに小さくなるな。おまえが本当のことを知りたいと思うのは当然だ。何も悪いことをしてるわけじゃねえ」

「父さん――」

「昼間、母さんが何か元気がなかったのも、このせいだったんだな」

「母さんは、自分からはとても父さんに話せないって言ってた。僕も、まだ父さんが病院にいるうちに、こんな話を切り出すのはどうかと――」

「いンや」思いのほか力強い声で、父は伸吾をさえぎった。「それは母さんが間違ってる。今だからこそ話した方がいいんだ。今、話し合っておかないといかん」

安堵とも興奮ともつかない思いに、伸吾はスツールの上でぶるっと震えた。

「実はな、伸吾。俺は明日にでも、母さんが病院に来たら、伸吾に本当のことを打ち明けようと、相談しようと思っていたんだ。おまえはもう立派な大人だ。一人前の男に、こんな大事なことを隠しておいちゃいけない」

「なぜだい？」

「こうなったからだよ」と、父は自分の手術の痕《あと》を指した。真っ白な包帯が巻かれている。

「一昨日の夜、腹が痛み出して我慢ができなくなったとき、俺はこのまま死ぬだろうと思った。母さんが帰ってくるまでもたないだろう、おまえともこれでお別れだと思った。覚悟を固めたよ。で、そのとき、死ぬほど痛い腹の底から後悔したんだ。こんなことになる前に、おまえに本当のことを話しておくべきだったって。このままじゃ、俺はおまえに隠し事をしたままあの世に行っちまう。それはいかん。それはダメだ。そんなのは、おまえに対してあまりに——あまりに——」

父は言葉を探して瞳を動かした。

「卑怯《ひきょう》だと思った」

今度は気の利いた台詞など考える必要はなかった。伸吾は言った。「ありがとう」

父はようやく、痛そうに笑った。「おまえを育てることになった経緯《いきさつ》は、母さんがおまえに話したとおりだ。付け加えることは何もない。二人してずっと秘密を抱えて、身内にも嘘を通してきた。祖父さん祖母さんは、おまえの出生を疑ったことなんぞねえ」

「僕はそれを聞いてほっとしたんだ」

「そうか」と言って、父はちょっと言葉に詰まった。

「おまえは優しいな」

伸吾は目を伏せた。そしてもう一歩踏み込んで、シェンとマエストロと異世界のD・Bたちのことまで打ち明けたくなった。それは口の端まで出てきた。僕は彼らを手伝うために、真実を知る必要があるんだよ、父さん——

が、それより先に父が続けた。「ただおまえは、母さんは嘘をついてはいないが、本当のことを全部しゃべったわけじゃないと感じているんだろう？　だよな？　俺がおまえでも、そう感じるだろうよ。だから、父さんに訊きたいんだな？」

　伸吾はうなずいた。「僕は——」

「おまえの本当の母さんは」と父は言った。「森田《もりた》奈津子《なつこ》という人だ。おまえを産んだとき、二十五歳だった。おまえの本当の父さんは、森田さんの会社の上司だった人で、名前は確か山崎さんと言った。申し訳ないが、下の名前まではわからない。森田さんが教えてくれなかったんだ。本人も、いつでも〝山崎さん〟と呼んでいた。名前を呼ぶことはいっぺんもなかった。それが父さんには、ひどく気の毒に思えたよ」

「父さんは、山崎さんにちゃんと会ったことはないんだね」

「ないんだ。お隣さんのご夫婦だと思っていたころに、見かけたことはあるよ。たいてい、きちんと背広を着ていた。なかなか、りゅうとした男前だったよ」

「女たらしだからね」と、伸吾は言って笑った。父は笑わなかった。

「二人のあいだにどういう問題があったのか、なにしろ俺と母さんは、森田さんの側の話しか聞いていないからな。山崎さんには山崎さんで、どうしても森田さんと切れないとならん事情があったのかもしらん。こればっかりは、当事者同士のことだ」

　父が山崎という男をかばうのは、ほかでもないその男の血を伸吾が継いでいるからだ。

「無事に生まれたおまえを引き取り、俺と母さんが仙台を離れるとき、森田さんは故郷に帰ると言っていた。北海道の旭川だって。俺たちは、深く突っ込んであの人の身の振り方を尋ねたりしなかった。これっきり、お互いに知らない者どうしに戻るんだからな。だからそれ以上のことは知らなかった――」

言葉を切って、父は病室の天井を見た。

「知らなかった」と、伸吾は言った。「そのときは？」

やっぱり。

「母さんはおまえに嘘をついた」

「東京に戻ってきてから、父さんと母さんは、森田さんに会ったことがある。二度ある。一度はおまえがまだよちよち歩きのころだった。二度目は、小学校一年生のときだ。そのときは、母さんは森田さんに会わなかった。父さんだけが会って、話をした。森田さんは俺たちを探すのに、父さんが印刷工だということだけを手がかりにしていたから、二度とも父さんの会社に連絡があったんだ」

父が話しやすいように、伸吾は質問した。

「何の目的で会いに来たの？」

「一度目は、おまえが元気に育っているかどうか心配だということだった。俺たちは、おまえは元気だと言って、あの人に写真を見せたが、家には呼ばなかった。会った場所は、東京駅の近くの洋食屋だったかな。母さんはおまえを隣の奥さんに預けて出てきた。二度目のときは、森田さんは父さんの会社に来た。だから会社の近所の喫茶店で話した。一度目のときよりも、ずっと短い時間だった」

父は天井を仰いだまままばたきをした。

「あの人はおまえを引き取りたいと言った」

また、〝やっぱり〟だ。

「実際、ずいぶんと元気になって、暮らし向きも良さそうな感じがした。洒落《しゃれ》た服を着て、きれいに化粧をしてな。もうすぐ結婚するのだと言っていた。

そしてその相手が、あの人に養子に出した子供がいると聞いて、ぜひ手元に引き取って二人で育てたいと言っているという話だった。俺は断ったよ。女房にこんな話をするのも御免だと言った。申し訳ないが、あなたは間違ってますよ、あなたは赤ん坊を養子に出したんじゃない。我々はそういう約束をしたんじゃない。あの子は私ら夫婦の子供ですと、そう言った」

父の眉間《みけん》に、うっすらとしわが刻まれた。

「あの人は泣いたよ。あれから一日だって自分の子供のことを忘れたことはないって。だから俺はもっと言った。あの子はあなたの子じゃありませんよってな。そうしてあの人を言い負かして、帰ってもらった。あの人は真っ赤な目をして、きれいな包みを出して、それをおまえに渡してくれと言った。俺は突っ返したかったけれど、そうする前にあの人は店を出ていってしまった。それきり会ってない。三度目はなかった。それっきりだった」

父の目尻が赤くなった。

「俺はその包みを家に持って帰った。よっぽど途中で捨てようかと思ったんだが、電車のなかで開けてみたら、絵本が二冊出てきたんだ。そしたら急に捨てるのに忍びなくなっちまってな。帰って母さんに相談した。母さんは真っ青になって、絵本を隠して包み紙は捨てちまった。父さんは、その後、母さんが二冊の絵本をどうしたか尋ねなかった。可哀想で問いつめられなかったんだ。でも、母さんも捨てることはできなかったろうと思う」

「僕はその絵本を覚えてる」と、伸吾は言った。

「たぶん、間違いなく覚えてるよ」

13

場《フィールド》は一変していた。

伸吾の夢のなかの、見慣れたあの深い森は消えていた。そのかわり、境界ぎりぎりのところまでいっぱい場を埋め尽くして、一軒の家が建っていた。家——これが？　境界の縁に立ち、伸吾はぽかんとそれを仰いだ。

白い壁。赤い屋根。レンガ造りの煙突。飾り取っ手のついた鎧戸《よろいど》のはまった窓。部分部分を抜き出してみるならば、それはまさしく、おとぎ話に出てくる〝おうち〟だ。でも、全体像はまったく違う。家のバケモノ、家の見ている悪夢。変幻自在に姿を変えることのできる怪物が、おとぎ話の〝おうち〟になりすまそうとして失敗したできそこない。

まるで、赤いとんがり屋根に白い壁のおうちがガン細胞に憑《つ》かれ、家の部分部分が勝手気ままに増殖を始めてしまった——とでもいうかのようだ。目に入る限りでも、何本の煙突がある？　そのうち、真っ直ぐに立っているものが何本ある？　この壁はどこに続いている？　このドアはどうしてこんなふうに歪《ゆが》んでいるのだ？　ぐにゃぐにゃとふやけ、引き延ばされ、いたるところでこぶ結びをつくり、上下逆さまになり、角という角におかしな突起を生やしたこの建物。

しかも、恐ろしいことに、伸吾がおそるおそる手を伸ばし、手近な白い壁に触れてみると、明らかに白漆喰塗りであるはずの手触りとはうらはらに、それは少しもヒンヤリとはしていなくて、人肌の温《ぬく》もりがあって、

——呼吸してる。

ゆっくりと息を吸い、息を吐く。そのたび壁が膨張したり縮んだりしている。

背後からうゆゆゆんという音が聞こえてきた。

ほっとして伸吾は振り返り、白い霧をかきわけて近づいてくるバレンシップを見つけて手を振った。

シェンは銃座の脇に立ち、片足を手すりにかけて

腕組みしていた。

「何だこりゃ？」と、さすがに驚いている。

「おとぎ話のなかの家さ」伸吾は答えた。「お菓子でできているかもしれないよ」

シップが境界に横付けされると、シェンは身軽に飛び降りた。マエストロも後部ハッチを開けて出てくる。

「場が変わりましたですじゃ」

太い腕を手すりについて、この異様な建物を仰ぐ。ただ、それほど驚いているようには見えない。

「ヤングマンよ、何か手がかりを見つけたのですな？」

そのとき初めて、伸吾は自分が二冊の絵本を小脇に抱えていることに気づいた。寝床に入るとき、枕の下に入れておいたのだが、まさか本当に夢のなかにまで運び込めるとは思っていなかった。

「これ」

伸吾は二人に絵本を見せた。『赤ずきんちゃん』と『ヘンゼルとグレーテル』。色あせ黄ばんだ古い本だが、傷んではいない。なにしろ、十数年のあいだずっと押入の奥に隠されていたのだから。

病室で父から話を聞き、実家に帰って母に尋ねると、母はすぐに、森田奈津子が父に託した本を、今でもとってあると認めた。おまえに渡すのは嫌だった、でも捨ててしまうこともできなかったと認めた。

長いこと、母にとってこの二冊の絵本は、どこにあるかすぐにわかるし、指先で触れてそれがそこにまだあることを確認するのも易《やさ》しいけれど、他人には見せられない場所にできた腫《は》れ物みたいな存在だったのだろう。

「だけど僕は、子供のころ、この二冊の本を読んだんだ」

古い記憶だから、細部は判然としない。でも確かにこの本のページをめくり、物語を読んだ覚えはあった。

「母が隠しておいたのを、偶然見つけてしまったんですよ。なんで押入のなかに本があるんだろうって、不思議に思ったことも覚えてる。そう、小学校の一年か二年のとき——だから、父が絵本を持ち帰ってから、すぐのことだったんだろうな」

もともとこのふたつの童話は、恐怖と暴力の要素をはらんでいる。しかもそのうえに、〝目に触れないように隠されていた〟という事柄が上乗せされて、伸吾の心に、『赤ずきんちゃん』と『ヘンゼルとグレーテル』は、不吉なしこりとなって残った。だからこのふたつの話が嫌いになった。

「このふたつの童話は、僕と両親のあいだだけに通用する、秘密のキーワードだったんだ。僕たち親子のタブーだったんだよ」

伸吾は再び、ねじくれて増殖した家の怪物に目をやった。


「グロッガーはこのなかにいるんだね。記憶を掘り起こした今なら、僕はグロッガーと対決できるんだ」

「その意気だ」と合いの手を入れて、シェンがホルスターから銃を抜いた。「行こうぜ」

「わしはシップをホバリングさせておく」

マエストロは言って、手すり越しに伸吾の肩をぐいとつかんだ。

「ヤングマンよ、気をつけてな」

建物の輪郭に沿って少し歩くと、いかにも〝玄関〟然とした両開きのドアを見つけることができた。ブロンズ色のどっしりとした扉で、中央にそれぞれ、獅子頭《ライオンヘッド》のノッカーがついている。丸い金輪をくわえている。

シェンはにやりと笑った。「礼儀正しくノックしてから入るかい?」

「そうだね。ここは僕の家じゃないから」

伸吾が右のノッカーに手を伸ばすと、突然、そいつが動いてしゃべりだした。

「おお、見るがいい、この臆病者を」

ぎょっとして、伸吾は手を引っ込めた。ドアと同じブロンズ色の獅子頭は、たてがみをてらてらと光らせながら、左側の獅子頭に話しかけているのだった。

「おお、ようやく来たか、この宿なし子が」と、左の獅子頭が笑った。そしてふたつの獅子頭は歌い始めた。

「ここはおまえの魂の家だというのに」

「ようも長いこと留守にしておったものだ」

「時を無駄に費やしたが」

「ようこそ、お帰り」

「ようこそ、おまえの墓場へ」

「うるさい！」と、伸吾は一喝した。「ごちゃごちゃ言わずにここを通せ！」

獅子頭の目が金色に光り、うなり声をあげ牙《きば》を剥いて噛みつきかかってきた。が、次の瞬間には、まばゆい光弾が目の前に飛び散って、獅子頭は苦痛の声をあげた。シェンが扉を撃ったのだ。

「邪魔くせえ」と言いながら、彼は扉を足で蹴った。それはあっさりと内側に開いた。

二人が広い玄関ホールに足を踏み入れると、背後で扉がぎいっと閉まった。それがぴたりと閉ざされたとき、一秒の一〇〇分の一くらいの短いあいだ、伸吾は回れ右して外へ逃げ出したくなる衝動と闘った。

頭上には、ビルの三階分くらいの高さの吹き抜け天井が広がっている。ホール全体は六角形で、六本の丸い柱に支えられ、柱と柱のあいだの細長い壁には、絵画のような図柄を描くステンドガラスがはめこまれている。

「外からは、こんなステンドガラスなんか見えなかった」と、伸吾は呟いた。

「あんちゃんが足を踏み入れるそばから、形ができていくんだよ」

シェンはホールの中央に立ち、頭上を仰いでいる。伸吾も、まるでそれを盾にするみたいに二冊の絵本を胸に抱いて、彼と並んで立った。高い天井の中央から、数え切れないほどのクリスタルの欠片を組み合わせたような、豪華なシャンデリアがぶらさがっている。

「明かりは点《つ》いてないね」

しかし、ホールは明るい。光源はどこにあるのだろう？　きょろきょろと前後左右を見回していると、顔にパラパラと何かが降りかかってきた。目に入る――

「危ない」

短くそう言って、シェンは頭上を仰いだまま、無造作に伸吾をぐいと押しやった。ひゅうというような音が聞こえた。シャンデリアが落ちてくる。

「シェン！」伸吾は叫んだ。彼の頭のすぐ上まで、シャンデリアが迫る！

が、それはぱっと消滅した。シェンは何事もなかったかのように、片手を腰にあてて突っ立っている。

伸吾は心臓が飛び出さないように、絵本を抱いていない方の手で、しっかりと口を押さえていた。それでも、膝がガクガクするのだけは止めようがなかった。

「廊下ができた」と、シェンが顎をしゃくった。さっきまでステンドガラスがあった正面の壁に、通路ができている。黒光りする長い長い廊下で、左右の壁には無数の燭台《しょくだい》。

シェンは廊下へ足を踏み出した。伸吾も後に続こうとしたが、一度は振り返らずにいられなかった。ホールの床の上には何もない。ガラスの欠片ひとつ。

そして見上げると、さっきと同じように高いところからシャンデリアがぶら下がっている。今はそれがゆらゆら揺れている。ブランコみたいに。いや実際、何かがシャンデリアの上に乗っかって、それを揺さぶっているのだ。

それは「ケケケ」と笑っていた。笑いながらシャンデリアを揺さぶって楽しんでいた。下から見上げるだけでは、その正体は見えない。が、人間でないことは確かだった。足が何本もあるように見えた。

シェンは廊下の半ばまで行ってしまっていた。伸吾は顔をひきつらせて彼に追いついた。廊下の幅は二メートルほどで、延々と続いている。左右は壁ばかり。扉も窓もない。先も見えない。前にも後ろにも、ただただ廊下があるばかり。

「これは無限回廊かな……」

伸吾の呟きに、シェンがすたすたと歩きながら答えた。「お化け屋敷」

「え？」

「あんちゃん、こういうお化け屋敷に入ったことがあるだろ？」

言われてみれば、思い当たる。「そういえば、東京ディズニーランドの『ホーンテッド・マンション』ていうアトラクションに似てるよ」

「子供ン時に行ったのか？」

「いや、ごく最近だよ」

そう、彼女と行ったのだ。二度目のデートのときだったか。

「グロッガーは、あんちゃんの頭のなかにあるものを真似る」と、シェンは言った。「だからこういうことになるんだ。その『ホーンテッド・マンション』てシロモノを、あんちゃん、あんまり好きじゃなかったろ」

「暗い場所は苦手なんだ。すごくきれいなアトラクションだから、もったいない話なんだけど——」

そのとき突然、足元の床が抜けた。

　真っ暗闇だった。どこまでもどこまでも落ちて行く。風が耳元でひゅうひゅうと鳴る。

「今度は何だ？」

「こっちが訊きたいよ！」

　縦坑みたいな細長い闇の筒。手を伸ばせば、闇の壁に触れることができる。ひどく冷たい感触だ。金属みたいだ。

　と、出し抜けに、伸吾が触れた闇の壁に窓が開いた。鎧戸を押し開けて、母が身を乗り出して叫ぶ。

「伸吾、助けて！」

　縮みあがって、伸吾はバランスを崩した。それでも容赦なく落下は続く。するとまた別の場所に同じように窓が開き、鎧戸が弾《はじ》けるように開いて、そのなかでまた母が悲鳴をあげる。「助けて、助けて、伸吾助けて！」

「な、な、な」闇の中を泳いで、伸吾は必死でシェンにしがみつこうとした。「あれは何だ？　何で母さんがここにいるんだ？」

　シェンより先に、また新たに闇の壁に空いた窓から飛び出してきた母が答えた。

「おまえがあたしを見捨てるからよ！」

　周囲のいたるところに、数え切れないほどの窓が同時に開いた。そのすべての窓から恐怖に顔をひきつらせた母が飛び出してきたかと思うと、伸吾に向かって両腕を差し伸べ、口々に喚《わめ》き始めた。

「助けて！　母さんを見捨てないでおくれ！　あんなに大事に育ててやったのに、おまえは母さんを裏切るのかい！」

「やめろぉ！」

　両腕で顔を覆って、伸吾は叫んだ。その叫びの残響も消えないうちに、頭からざぶんと冷たい水のなかに落下した。勢いよく沈んで、息が詰まり、パニックのあまりどちらが上下かも判然としない。めちゃくちゃに手足を振り回し、水をかいて、やっと水面に飛び出したときには、窒息寸前の状態だった。

ぜいぜいあえぎながら見回すと、そこには信じられない光景が広がっていた。

見渡す限りの広い海――かすかに潮の匂いがする。頭上は灰色の雲に閉ざされた高い空。その狭間に伸吾はひとり、大海の漂流者のようにぽつりと浮かんでいた。

その大海のただなかに、島というよりは砂州と呼ぶべき、ごく頼りない陸地があった。まるで、海の上にビスケットを一片浮かべたみたいだ。しかしビスケットの上には、鈍色《にびいろ》に輝き、先端を雲のなかに没して、目もくらむほど高い塔のような螺旋《らせん》階段が建っているのだった。

それはただの螺旋階段ではなく、一対の螺旋階段だった。二重になっているのだ。ひとつは白銀色、いまひとつは鋼《はがね》の色。

「あんちゃん、大丈夫か？」

シェンの声がした。すがるような思いで見回すと、彼は鋼色の螺旋階段の下にいた。伸吾の側から見ると、二重の螺旋階段を挟んで、ちょうど陸地の反対側だ。頭からずぶ濡れで、赤いハチマキもぺったりと垂れ下がってしまっている。

伸吾は泳いで螺旋階段に向かい、すぐに、努力して水をかかなくても、潮の流れが、伸吾を目指す方向に流してくれていることに気がついた。すぐに陸地にたどり着き、びしょびしょのシャツとズボンから水を絞る。絵本が見当たらない。水に落ちたとき手放してしまったようだ。

伸吾はごくりと唾《つば》を飲んだ。「とりあえず、この階段を登っていかなきゃならないのかな？」

「そのようだね」シェンは犬みたいに頭を振って、濡れた髪から水滴を振り飛ばし、頭上を仰いだ。

「それにしてもヘンテコな階段だな。段々の高さも

曲がり方もそっくり同じだ。色はちょっと違うけど さ。こんなものふたつ揃《そろ》えて造ったって、何の意味 もないと思うけど」

いや、そんなことはない。最初に見たとき、すぐ に気づいてしかるべきだった。伸吾は言った。「意 味はちゃんとあるんだよ。でも、僕もこの形は、高 校の生物の教科書のなかで見かけたきりだったな」

「――って、いったい何の話だよ?」

「これはね、DNAの二重螺旋のモデルだ」

この螺旋を登っていったら、果たして伸吾はどこ に――誰に行《い》き着くのか。

「グロッガーは、僕に謎をかけてるんだな」

二人はそれぞれに螺旋階段を登り始めた。

14

ぐるぐるぐる――登り始めていくらもたたないう ちに、伸吾は目が回りそうになってきた。わずかな 空間を隔ててすぐ隣の方を登っているシェンは、伸 吾との高さが螺旋のひと巻き以上離れてしまうと、 足を止める。伸吾が追いつくのを待ってまた登り始 めるのだが、その足取りには疲労も怯《おび》えもない。

「それにしても長い階段だなぁ」頭上を仰いで、彼 は言った。「先が見えねぇよ」

けっこうな高さまで登っても、依然、先端は雲の なかに隠れたままだ。伸吾は白銀色の手すりにもた れて息をついた。

「足が攣《つ》りそうだよ――」

そのとき、すぐ上の方から女の子の声がした。

「可哀想に」

伸吾はぎょっとして、シェンは素早く身構えて上 を見た。あの赤い頭巾をかぶった女の子。最初の悪 夢のなかに出てきたときと同じ出で立ち。金の巻き 毛とつぶらな蒼い瞳。

「すっかりくたびれてしまったのね。あたしが手をつないであげましょうか？」

甘い声だった。どこか懐かしいような響きのある声でもあった。誰の声だ？

女の子は伸吾に手を差し伸べる。白くて華奢で、爪《つめ》がつやつやと光っている。

鋼色の階段の手すり際で、シェンは油断のない眼つきをしているが、銃は構えていない。これを撃っても意味はないからだ。これもまたグロッガーの趣向、ただのこけおどしに過ぎないからだ。伸吾はぐいと奥歯を噛みしめ、わざと女の子を無視して、螺旋階段の上方に向かって大声を出した。

「おい、グロッガー！　こんな玩具《おもちゃ》を繰り出してきたって、僕はもう動じないぞ！　さっさと姿を見せたらどうなんだ？」

「まあ、なんて怒りっぽいの」女の子は片手を口元にあててお上品に笑った。「怖いのね。まるでオオカミみたい」

「シェン、行こう」伸吾は女の子の脇をすり抜けて階段を登り始めた。が、追い越したと思ったとたんに女の子はまた伸吾の何段か上に移動していて、にっこりと笑っている。

「こんなものは幻だもんな」隣の階段を登っているシェンに、伸吾はむきになって言った。「相手にしないぞ、絶対」

追い越しては先回りされ、追い越しては先回りされ、螺旋階段はぐるぐると続き、そして何度目かに女の子の横をすり抜けて登ってゆくと、今度はそこに伸吾の父がいた。病院のお仕着せを着ていて、裸足《はだし》だ。

「おう、伸吾か」父の幻は階段の真ん中に腰掛け、子供のように頬杖《ほおづえ》をついていた。そして言った。

「足元に気をつけろ」

突然、足の下から突風が吹き上げてくるのを感じた。目をやって、伸吾は絶句した。鋼色と白銀色、ふたつの螺旋階段が、にわかに縄ばしごみたいに柔らかくなり、下からどんどん巻き上げられ、強い風に揉《も》まれて引きちぎられ、消えてゆくのだ。

「うわ！」

伸吾は這《は》うようにして階段を駆け上がった。隣ではシェンも同じように走っている。背後で父の幻が笑っている。

「伸吾、俺を置き去りにするのか？　するのか？　するのかぁぁぁぁ？」

その声も風に巻かれてすぐに消えた。

「あんちゃん、走れ走れ！」

伸吾の足はシェンよりもずっと遅く、焦っても焦っても膝《ひざ》が持ち上がらず、ああ、駄目だもう三、四段下まで消えてる！

瞬間、間近にそれを見て、伸吾は息を呑んだ。風のなかで微塵《みじん》に砕けて消える螺旋階段。しかしそれはただの破片になっているのではなかった。白銀色の方は無数の骨に、鋼色の方は血しぶきに変化しているのだ。このふたつの階段は、それぞれ骨と血でできていて、今それらがみるみるうちに、原材料へ戻ってゆく——

伸吾が立っている段まで来て、風がぴたりとやんだ。二つの螺旋階段の〝消去〟は止まった。伸吾は切り落とされたように消えた白銀色の階段の端っこに、独り呆然《ぼうぜん》と立ちすくんだ。下にあるのはあの灰色の雲ばかり。それほど高く登ってきたということなのか。

突然、シェンの仰天したような声が聞こえてきた。今度は何かと必死で見回すと、伸吾よりも二巻きは上まで登っていた螺旋階段を、シェンは猛然と駆け下りてくる。鋼色の階段が、今度は上から消え始めているのだ。

白銀色の階段の方は、その最下端に伸吾を引っかけて、何事もないように中空に浮かんでいる。伸吾は手すりに走り寄り、両手を振り回して叫んだ。

「こっちに飛び移れ！」

シェンが伸吾のいる高さにまで駆け下りてきた時には、もう上の階段も彼のすぐ後ろまで消えていた。シェンはためらいなく飛んだ。彼が段を蹴ったと同時に、その段が消えた。だから踏み切りに力が入らず、勢いを失ったシェンは宙で足をかいてバランスを崩した。彼の手から銃が離れ、くるくる廻《まわ》りながら雲のなかに落ちてゆく——

「摑《つか》まれ！」

伸吾が身を乗り出し、いっぱいに差し伸ばした右腕を、シェンの左手が摑んだ。肘《ひじ》のすぐ下。その手が滑り、伸吾の右手首のところでかろうじて止まった。

「ウワッと！」

伸吾は左手で手すりを摑み、右手でシェンを引っ張りあげようと試みた。シェンの両足は白い雲のなかでブラブラしている。

「つ、つ、摑まって——ろよ」

しかし、シェンを助けるどころか、伸吾の方が階段の縁までずるずると落ちてしまった。こんな痩せっぽちの少年一人を引っ張りあげることもできないなんて、俺はそんなにヤワだったんだろうか？

「あんちゃん、駄目だ」シェンは動じる様子もなく、顎をあげて伸吾の後ろを示した。「またおいでなすったぜ」

片手で手すりにしがみつき、片手にシェンをぶら下げて、それでも何とか首をよじり、伸吾は背後を見た。

また、あの女の子が立っていた。伸吾よりも三段上の段の真ん中に、邪気のない顔でぽつねんと。つと手をあげて赤い頭巾をとると、巻き毛が肩の上にこぼれた。

「おにいさん、助けてほしい？」

「うるさい！」と、伸吾は怒鳴った。

女の子は笑み崩れた。「そう、助けてほしいの。それなら、手を貸してあげる」

籠をさげていない方の手が、白い手が、少女の手が、突然うねうねと伸び始めた。赤い服の袖はそのままに、悪い冗談みたいに手首を押っ立てて、一段、二段と降りてくる。

伸吾は総毛立った。「や、や、や」

「止《や》めてほしいの？」女の子はにやにやした。

腕は伸吾の身体を這い登り、首にぐるりと巻きついた。ひとまわりした手首が伸吾の顔の正面に来て、掌《てのひら》がでろでろと顔を撫でる。

「あんちゃん」と、シェンが鋭く呼んだ。「ちょっとごめんよ！」

同時に、伸吾の右腕がぐいっと引かれた。身体が半分、階段の縁から下にはみ出す。それを首に巻きついた少女の手首が引き戻し、だから瞬間、伸吾は腕が抜けるかと思った。

シェンは宙で勢いよく身体を振った。振り子のような動きで、一瞬、螺旋階段の裏側にまで足が届いた。頭が足よりわずかに下がり、背中の刀が、緩《ゆる》い鞘《さや》から半ば飛び出す。その刹那《せつな》、シェンは右手で刀を掴んで引き抜き、螺旋階段の裏を蹴ると同時に、右手を振り下ろして階段に斬りつけた。

疾風が空を切り、ズバッと鮮やかな音がして、この世のものとも思えないような絶叫が響きわたった。伸吾はシェンに引っ張られ、白い手首に引き留められ、首が絞まって窒息しかかり、目の前が真っ暗になり、

（死ぬ死ぬ死ぬ——）

と思った次の瞬間には自由になって、階段から振り落とされていた。そして落ちてゆく一瞬に、はっきりと見た。一閃《いっせん》した白刃が、螺旋階段ごとあの少

女をまっぷたつに切断し、切れて落ちてゆく階段に半身が、宙に残った階段に半身が、そしてそれらはみな宙に消えてゆく――

　落ちて、落ちて、落ちて、そのあいだは呼吸さえ停まり、雲のなかで気絶しかけて、しかしその時、狭まった視界の底に、見慣れたバケツ型の機体がすべるように現れて、気がついたらあのデッキの上に落下していた。

　バレンシップだ！　雲のなかをハイスピードで進んでゆく。手すりの向こうを流れる雲はまるで急流のようだ。

　ひと呼吸遅れて、伸吾のすぐ傍らに、シェンがすぱんと膝をついて着地した。まだ右手に刀を摑んでいる。伸吾はまだ落下の衝撃から立ち直れずに、やっともがいて身を起こし、そこで再び信じられないものを見た。

　銃座のシートのすぐ脇に、シップの巻き起こす風にも負けず、バラバラと骨が落ちてくる。腕の骨、足、背骨、そして頭。現れるそばから組みあがって、言葉もなく見つめる伸吾の目の前で、一体の骸骨《がいこつ》となって立った。

　シェンはゆっくりと左腕に刀を持ち換えると、倒れている伸吾をかばうように立ちはだかった。

　骸骨の虚《うつ》ろな眼窩《がんか》は、しかしはっきりとした意志を持って視線を放ち、シェンを見た。その顎が動いて、カチカチと音をたてた。

「小僧」それは言《い》った。「邪魔をするな」

「グロッガー」シェンはまったく動じていない。「こりゃまた、ずいぶんさっぱりしちまったな。寒くねえか?」

「おまえには用はない」

「こっちはあるんだ」

　骸骨はかくりと小首をかしげると、シェンの後ろの伸吾をうかがい見た。

「伸吾」と、それは呼んだ。

伸吾は力という力が身体から抜け出してしまうのを感じた。思わず目を閉じた。

「伸吾」

もう一度呼ばれて目を開いたときには、骸骨はいなかった。母の姿に変わっていた。

「ねえ、伸吾。母さんを捨てないで」

嘘だ。これは母さんじゃない。

伸吾の心の動揺をそのまま映すように、母の姿は急におぼろになり、次の瞬間には、今度は父の姿に変わった。

「おまえは俺たちの子供じゃない」

これも嘘だ。

「俺たちは長いことおまえを騙していた」

これも嘘だ——いや、嘘か？　騙していたことはホントじゃないのか？

「伸吾」また母に戻り、グロッガーは伸吾に一歩近づいた。

「こ、こっちに来るな！」這うような格好になったまま、伸吾は悲鳴をあげた。

母は泣き顔になった。両手で顔を覆う。

「伸吾、おまえは母さんを愛してないんだね？　本当の子供のように大事に育ててきたのに、ただ血が繋《つな》がっていないというだけで、おまえはあたしたちを捨てるんだね？」

「おまえは母さんじゃない！」

母は消えた。そして、まばたきするほどのあいだに移動して、伸吾のすぐ傍らに現れた。

「伸吾」母は両手を広げた。「お願いだから、あたしたちを見捨てないでおくれ」

油断なく身構えて、しかしシェンは身動きしない。伸吾は腰を抜かして、ただ母の幻影を仰ぐことしかできなかった。

「おまえは本当の母親に会いたいんだね？」

母は言って、寂しげに微笑した。

「そうかい。それはこんな女だよ」

するとと目の前に、惨《みじ》めに泣き濡れた若い女が現れた。大きなお腹《なか》を両手で抱え、うなだれている。色あせたくちびるは両端が下がり、そこから呻くような声が漏れる。

「ああ、どうしよう。この子を産んだらあたしの人生はおしまいだわ」

伸吾は目を見張った。この惨めな女。このうちひしがれた女。この不幸せな女。森田奈津子だ。嫌々するように首を振り、女はすがるように伸吾を見た。

「子供なんてほしくなかった。望んでできた子供じゃない。あたしのこの手で殺してしまおうかしら。ねえ、あなたはどう思う?」

伸吾は後ずさりした。女は近づいてきて手を差し伸べる。

「あたしのこのお腹に触ってみて。赤ん坊が動くのがわかるから。だけどねえ、あたしはこの子が欲しくはないの。ねえ、あなた。この子を殺してくださらない?」

嘘だ。口を開いて、伸吾は叫ぼうとした。声が出てこない。喉が鳴るだけだ。

「お願いよ、この子に触れてみて。だってこの子はあなたなのだから。望まれずに生まれたあなたなのだから。あなたは生きてるの? どうして生きているのかしら」

そうしたくないのに、そうしようと思っているわけではないのに、伸吾の右手が動いてしまう。動いて、指先が掌が、女の腹の方へ近づいて行く。

「あなたは生まれちゃいけなかった。だってあたしは望んでいなかったのだもの」女はかすかに笑って言った。「あなたは恩知らずの裏切り者。産んであげたあたしも、育ててくれた人たちも、どちらも裏切って、どちらも見捨てようとしてる。こんな冷たい人間に、どうして生きる価値があるかしら？」

　伸吾の手が女の腹に触れた。それを待っていたように、女の手が素早く動いて伸吾の手にかぶさり、強く強く押しつけた。

「さあ、あなたはあたしのお腹のなかに戻る。そしてすべてはなかったことになるの！」

　ぴったりと押しつけられた掌から、何かが凄い勢いで吸い取られる——伸吾の頭のなかに、走馬燈《そうまとう》のように光景が広がる。子供のころのこと。父とのキャッチボール。母に叱られて泣いたこと。熱を出して寝込んで看病してもらったこと。受験のころの夜食。父と腕相撲をしたら勝ってしまって狼狽《うろた》えたこと。吸い取られる。すべての思い出が。伸吾の人生が。

「あなたは消えるのよ、だって最初から存在しなかった人間なのだから！　誰にも望まれなかった赤ん坊なのだから！」

勝ち誇ったように女が叫んだ。

　身体が溶けるようなめまいのなかで、しかし伸吾は、心の底に、自分を突き動かす強い感情が生まれるのを感じた。それは怒り、熱くなり、叫び猛《たけ》り突き上げて、言葉になって伸吾の口からほとばしり出た。

「僕は誰にも望まれない赤ん坊なんかじゃなかった！」

　伸吾は全身で叫んだ。

「生まれる命を愛さない親がいるもんか！　僕は知ってる！　僕にはわかる！　だって僕はもうすぐ父親になるんだからな！」

　女の顔に、ほとんど痛みに近いほどの驚愕《きょうがく》が広がった。そしてそれは力を失い、女の姿をも失った。またたくように揺らめいたかと思うと、それは本来の姿に戻った。背中を丸めた陰気な小男。尖った顎と歪んだ口元。泡を食ったように目をまたたき、呆《あっ》気《け》なく正体を見抜かれたことに狼狽《ろうばい》して、きょろきょろと自分を見おろしている。

グロッガーの本体だ。

「マエストロ！」と、シェンが叫んだ。

そのとき初めて伸吾は、グロッガーの後ろにマエストロが仁王立ちになり、銃を構えていることに気づいた。

グロッガーは身をひねり、瞬時に人の形を捨てて、アメーバのような物体になった。それがひゅんと延びて伸吾に飛びかかろうとしたとき、シェンの刀が横様に走って、それをまっぷたつに切断した。

アメーバは宙に浮き、刹那、握りしめられたふたつに並んだ拳骨の形をとった。マエストロは両足を肩幅に開いて立ち、腕を真っ直ぐに伸ばして、最初に右の拳骨を、次に左の拳骨を、落ち着き払って撃ち落とした。拳骨は空で固まると、みるみるうちに縮小を始めた。縮んで縮んでピンポン玉くらいの大きさになって、コロ、コロとデッキに落ちた。

「ふう」と、シェンが息を吐いた。

マエストロが手にした銃を、珍しいものでも見るみたいに顔の前にあげて、しみじみと観察した。

「わしのを使う折があるとは思っていなかったですじゃ」

シェンのと同じ形状の銃だが、マエストロが持つと、もっと小さく見える。

「悪いな。オレ、落としちゃってさ」と、シェンが言った。

「かまわん」マエストロは渋く笑った。「給料からさっぴくまでじゃ」

二人はグロッガーを拾い上げて、密封箱に収めた。形も大きさも、保冷パックみたいなシロモノだ。でも、一度固めてしまえば、保管と移動にはこれで充分なのだという。

「あんちゃん、頑張ったな」と、シェンが伸吾の肩を叩いた。「あれで、もしあんちゃんがグロッガーに言いくるめられちまったら、奴は最後まで本体を現さなかった。それだと、撃っても逃げられるだけだった」

「しかし」と、マエストロが太い腕を組む。「先ほど、聞き捨てならぬことを言いましたな、ヤングマン」

　伸吾は頭をかいた。「あれは嘘じゃない。僕は本当に父親になるんだ。いや――なる覚悟ができてるかどうか、ずっと自分でもわからなかったんだけど、あの瞬間に心が決まったんです」

　彼女のことだ。今、妊娠三ヵ月である。

「友達の紹介で付き合い始めて、まだデートだって四回しかしてなかったんだ。僕もそうだけど、彼女だって結婚を考えてるかどうかわかったもんじゃなかった。それなのに、成り行きで妊娠しちゃって――というかさせちゃって。どうしようか悩んでた」

　こんなことで結婚相手を決め、自分の人生を決めていいのだろうか。そう思っていた。

「でも、彼女のお腹にいる赤ん坊は、僕の子供なんだ。これから生まれてくる命なんだ。そのことを、僕は一度もちゃんと考えてみようとしていなかった」

　自分自身の問題が起きて、親になること、親にとっての子、子にとっての親について、あらためて考えてみるまでは。

「しかし、それがグロッガーに対する切り札にもなったわけですからな。親孝行の赤ん坊であることに間違いはないですじゃ」

　マエストロは上機嫌である。

「いいのかね、そんな無責任なこと言って」

「おまえは黙っておれ」

シップは白い雲のなかを飛んでゆく。シェンのハチマキが風になびく。

そうやって間近に見て初めて、伸吾は、そのハチマキが妙につぎはぎだらけであることに気がついた。一枚の長い布から作られたものではなく、短い布を縫い足して長くしてあるようなのだ。繕った痕もある。

「君には、いろいろびっくりさせてもらったけど」と、伸吾は言った。「よく見ると、それも変わったハチマキだね」

マエストロがちょっと意味ありげな表情をした。が、何も言わずに操縦席へと引き返していってしまった。彼がいなくなると、シェンは問題のハチマキを締め直しながら、

「手作りなんだ」と、ぼそりと答えた。「もともとは、シャツだったんだ。赤いシャツ」

「お気に入りだったんだね」

母親に作ってもらったシャツ？　だから手放せないのだろうか。シェンの母親——逃亡中。そして彼は、望んでその母親を追う側に身を置いている。

「オレのじゃない。友達のシャツだった」

シェンはそう言って、わずかな間、白い雲の向こうを透かし見るような目をした。

「いちばんの親友だったんだけど、〝ビッグ・オールド・ワン〟の暴走事故で死んじまった。そいつのシャツだ。死んだときに着てた。施設のママンが、形見にとっておいてくれて、そんで、オレがD・Bになったとき、ハチマキに作り直してくれたんだ」

そうだったのかという返事さえ呑み込んで、伸吾は黙ってうなずいた。

政府が倒れるような大災厄を生き延びた人びと。シェンたちは、伸吾など想像もできないほど厳しい世界で、生き難い人生を生きているのだ。今さらのように、伸吾は実感した。

けっして負けず、膝を折らずに。

「僕は」と、伸吾は言った。「僕は君に、感謝してるよ」

「別にいいよ。こっちは仕事なんだから」

「そういう意味の感謝だけじゃないんだ」

助けてもらったのは、命だけじゃない――というような気がする。

「いろいろありがとう。お別れだね」

伸吾は手を差し出し、ぽかんとしているシェンに笑いかけた。

「こういうときは握手をするんだよ」

「あ、そうなの」

シェンの手は乾いていた。

「僕は両親を大事にするよ」伸吾は言った。「君の言ってくれたこと、頭にガツンときた。僕にとっては、あの両親が本当の親だ」

「オレ、そんなこと言ったっけ？」と、シェンはとぼけた。

伸吾は笑って首を振った。そして、たぶん二度と会うことのないこの奇妙な二人組と、奇妙な音をたてて飛ぶ船のことを、一生覚えていようと思った。

いつの日か、自分の子供に話して聞かせるために。

本書は二〇〇一年十一月に小社より刊行された
『ドリームバスター』から「ジャック・イン」
と「ファースト・コンタクト」を収録しました。

ドリームバスター1

2009年1月31日 初刷

著者
宮部みゆき
カバー・本文イラスト／コサト
カバー＆目次デザイン／宮村和生
ブックデザイン／ムシカゴグラフィクス

発行者
岩渕 徹
発行所
徳間書店

〒105-8055 東京都港区芝大門2-2-1
電話 編集(03)5403-4349
販売(048)451-5960
振替…00140-0-44392

本文印刷／中央精版印刷(株)
カバー印刷／近代美術(株)
製本所／中央精版印刷(株)

ISBN978-4-19-850815-9

編集担当／加地真紀男

エッジdeデュアル新人賞 募集要項

Edge新人賞が装いも新たに徳間デュアル文庫とともに、年二回新人作品を募集します。ミステリー、ホラー、伝奇、冒険、恋愛など、ジャンルにとらわれず、広義のエンターテインメント小説（ノンフィクション、論文、詩歌、絵本は除く）を紡ぎ出す先鋭的なプロの書き手のデビューを期待します。受賞作品には賞金50万円＋規定印税を支払います。
※優秀作品があれば、規定印税にて刊行します

応募作品の評価・出版と二次的利用について

徳間書店Edge編集部、デュアル編集部が責任を持って応募作品を評価し、優秀作品は作品内容によりトクマ・ノベルズEdge、徳間デュアル文庫どちらかにより刊行します。刊行作品の出版権、電子出版権、雑誌掲載権、二次利用権（映像化、ゲーム化など）は徳間書店に帰属し、規定の印税が支払われます。

応募期間

上期12月1日〜5月31日　下期6月1日〜11月30日（消印有効）締切とします。

結果発表

選考結果につきましては、徳間書店公式サイト内《エッジdeデュアル王立図書館》上、および同月刊行のトクマ・ノベルズEdgeシリーズ、徳間デュアル文庫シリーズの巻末にて発表します。ただし、選考委員が即時発表・刊行と判断した作品については作者と協議のうえ、発表前でも刊行を可能とします。

賞金50万円

応募規定

①400字詰め原稿用紙換算で350枚～500枚。ワープロ原稿のみ受け付けます。
②原稿には、以下の5項目を記載すること。
[1]タイトル [2]筆名あるいは本名（ふりがな）[3]住所・氏名（ふりがな）年齢・生年月日・出身地・電話番号 [4]職業・略歴 [5]1200字以内の概要・20字程度のキャッチコピー
③原稿には必ず通しノンブル(ページ番号)を入れ、原稿の末尾に《了》の字を入れること。
④体裁は1ページ40字～40行縦書きにし、A4サイズの用紙に横使用でプリントアウトした原稿をまとめたもの。

応募資格

職業作家、国籍、年齢、性別、在住地を問いません。

[注意点] (1)応募は一期間に複数の作品を受け付けますが、必ず1作品ずつ別封筒で投稿して下さい。(2)共著の場合、氏名（筆名）は連名で、連絡先等は代表者のものを一枚目に記載して下さい。(3)過去、本募集に応募したことのある作品を改稿した作品、また、他の文学賞との二重投稿はご遠慮下さい。(4)自作未発表作品に限ります。ただし、営利目的で運営されていないウェブサイトや同人誌などに掲載された作品は未発表とみなします（その場合、掲載されたサイト名・同人誌名などをタイトル脇に明記すること)。(5)応募原稿の返却はしませんので、手許にコピーを残して下さい。(6)過剰な梱包、過剰な原稿のまとめ方はご遠慮下さい。(7)選考状況・結果に関する問い合わせには一切応じられません。(8)電子メールによる応募は受け付けておりません。(9)以上の注意点が遵守されていない場合、選考対象外とする場合があります。

[選考委員]

徳間書店トクマ・ノベルズEdge編集部・徳間デュアル文庫編集部

[イラスト持込について]

①イラストは随時募集中です。ただし郵送のみ受け付けております。直接の持ち込みは受け付けておりません。
②編集部内で回覧し、資料として保管します。
③返却はできませんので、原画の郵送はご遠慮下さい。必ずコピー、プリントアウトし、ファイルにまとめ、お送り下さい。
④CD-ROM、MOデータ等のイラスト持込は受け付けておりません。
⑤イラスト部門は終了しましたので、賞金等は出ません。よって発表等もございません。
⑥各編集部員が直接、仕事の依頼として連絡しますので、必ず住所、氏名、年齢、電話番号、(あればメールアドレス）を明記して下さい。
⑦サイズ、枚数に制限はありませんが、過剰なものはご遠慮ください。
⑧以上のことを踏まえまして、下記の住所、「エッジde デュアル イラスト持込」係までお送り下さい。

©羽坂莉桜

[応募宛先]

〒105-8055 東京都港区芝大門2-2-1 **株式会社 徳間書店**
出版局「エッジdeデュアル新人賞」係

【エッジdeデュアル王立図書館URL】http://www.tokuma.jp/edge/

――お願い。

【各書店員様より寄せられたコメントの数々】

何度も挫けそうになりながら必死に生きようとする
彼女たちの姿に泣けました。

この作品に出会えてよかったと思います。

雪が降り積もるとき、静寂の音が聞こえることがあります。
この作品は、その音が聞こえるような文章でした。

感情の表現が情景描写され、状況の変化がすんなり
伝わってきて、読みやすかった。

細かな風景や心の動きが巧みに描写され、
ありありと情景やキャラクターが頭に思い浮かびます。

詩のような抽象的な表現もあり、新鮮さを感じた。

文章や構成は著者さんが 10 代とはとても思えない
しっかりとしたものと感じました。

文体が読みやすく情景描写も上手。17 歳ならではの
感性で楽園をピュアに表現していた。

ハルカの一途な想いとひたむきな強さに胸をうたれました。

【あらすじ】

雪に包まれた世界で旅をしている双子の姉弟がいた。弟のユキジはある事件から心を失っていた。そんなユキジの手を引きながら歩き続ける姉のハルカ。ふたりは超能力を持っているため、悪魔と呼ばれていた。「悪魔は排除しなければならない」と、神を信仰する信念の下に命を狙われるハルカとユキジ。そんなある日、放浪していた青年ウォーテンに出会う。「あんたたちはなんで、旅なんかしてるんだ？」ハルカは言った。「私たちは、楽園を探してるんだ」紡がれた言葉に、夜の空気が揺れる。

［ご協力ありがとうございました！］
勝木書店 KaBoS ららぽーと柏の葉店 桐生敦優子様／有隣堂 川崎BE店 小林あゆみ様／丸善丸の内本店 川邉昭子様／書泉グランデ 川村豪様／さわや書店フェザン店 高橋知希様／ブックエキスプレスディラ三鷹店 高野哲朗様／あおい書店 川崎駅前店 川瀬様／オリオン書房 M様／ジュンク堂書店新宿店 平川逸郎様／紀伊國屋書店新宿南店 ノベルズご担当者様

第5回トクマ・ノベルズEdge
新人賞受賞作
なにも望まないから、
なにも奪わないで。
17歳、震撼のデビュー作
楽園まで
張間ミカ
Illustration 友風子《ゆうふうし》
絶賛発売中!